CW00347970

COLLECTION FOLIO

Didier Daeninckx

Main courante
et
Autres lieux

Gallimard

Quartier du Globe a été publié pour la première fois en 1989, aux éditions Folies d'encre.

MAIN COURANTE

Les poissons rouges

*Aux rédacteurs des dépêches anonymes
de l'Agence France-Presse.*

Je n'aurais jamais cru qu'on puisse être aussi calme après avoir tué son père. Ou son beau-père...

L'autre je ne l'ai jamais connu, alors, c'est tout comme !

« Tu n'as rien perdu ! »... Je l'ai entendue au moins mille fois, celle-là... Maman était encore enceinte de moi lorsqu'il est parti. Il ne m'a laissé que son prénom, Albert... que je traîne depuis vingt-trois ans. Il n'y est pour rien, c'est maman, elle l'aimait encore, malgré tout, mais ce n'était pas une raison pour m'imposer ça une vie entière...

J'ai dormi normalement, sans cachet, huit heures d'affilée et s'ils n'avaient pas cogné à la porte, pour le café, j'y serais toujours.

Je n'ai pas voulu y penser avant de m'endormir. J'ai serré les dents, à les briser, et les idées ont reflué de ma tête.

Je suis seul dans la cellule, une faveur paraît-il ! On voit bien qu'ils vivent de l'autre côté des grilles... On se cogne les genoux au mur rien qu'en s'asseyant. À deux on aurait moins froid. Et on peut se parler, même si on ne dit pas tout. Ils m'ont obligé à laisser toutes mes affaires en entrant. Une espèce de balle de vêtements serrée par ma ceinture, au milieu de toutes les autres, avec mon numéro d'écrou, dans une cellule inoccupée bourrée de casiers.

C'est la première fois que je dors autre part que dans mon lit. Aux trois jours je ne suis resté que le matin et l'après-midi : ils m'ont réformé avant le test du morse avec un type qui se remettait mal d'un accident de moto. Personne ne m'en a voulu à la maison, même grand-mère qui était juste un peu triste. L'avocat était là et c'est lui qui a demandé au gardien, pour le carnet et le crayon, si je pouvais les prendre avec moi. Il a commencé par dire qu'il ne voulait pas d'histoires, qu'on verrait ça plus tard avant de hausser les épaules et de me faire signe d'y aller.

On ne s'évade pas avec du papier et un crayon !

C'est un gros cahier de couturière de l'année 1973, deux pages par jour, heure par heure, bloquées sous une épaisse couverture cartonnée noire. Depuis près de quinze ans j'y inscris le résumé de chacune de mes semaines sur une page en la numérotant. Mon écriture est restée pratiquement la même, pattes de mouche, penchée d'un côté quand j'écris à la fenêtre, de l'autre près de la lampe. Demain ce sera la semaine n° 730, il ne reste plus qu'une page à remplir…

Semaine n° 1. Du 2 au 8 avril 1974

Il n'a pas fait beau et je ne suis pas sorti au zoo
avec l'école. J'ai fait semblant d'être malade, de
tousser. Mercredi maman m'a emmené au marché
de la mairie. Je l'ai tirée jusqu'au fond, derrière la
halle. Il y avait des lapins nains, des hamsters, et
toute une portée de petits chiens plus beaux que des
caniches, des bergers labris... J'ai réussi à revenir
avec deux poissons rouges, (parce que ça ne fait
pas de saletés) en promettant de m'en occuper pour
manger.

. . . .

. . . .

*Semaine n° 18. Du 29 juillet au 4 août
1974*

Je n'aime pas quand ils se battent. Les disputes ce
n'est pas la même chose. Je l'entendais qui poussait
des cris aigus, dans sa chambre. Quand je suis entré, il était sur elle et lui tenait les bras. Maman a
sursauté en me voyant. Il s'est levé, d'un coup, une
main entre ses jambes qui ne cachait rien et m'a
fichu une claque. Il a plein de poils sur la poitrine
et un gros ventre avec un nombril tout plissé. Je
n'ai pas pleuré.

*Semaine n° 31. Du 30 novembre au
6 décembre 1974*

J'ai encore eu des mauvaises notes à l'école. Je
suis gaucher, alors c'est obligé, dès que j'ai écrit un
mot avec mon stylo-plume, ma main passe dessus
avant qu'il soit sec. Ça fait sale et la maîtresse ne
veut rien comprendre parce qu'elle est de la main
droite, elle. À la maison maman m'a fait un test : elle
me lance un ballon et je tape dedans. C'est toujours
le pied gauche qui part, donc je suis un vrai gaucher,
sauf qu'elle n'ose pas venir le dire à la maîtresse.
Elle a honte.

Semaine n° 40. Du 23 au 29 janvier 1975

La voiture télécommandée est cassée. Il n'arrêtait pas de jouer avec et elle cognait contre les pieds
de la table. Bien sûr, c'est moi qui casse tout ! Il se
croit le plus malin mais je l'ai regardé boire son
vin, à table… Il claquait du palais en disant : « Il
est vraiment bon son Gamay, pour le prix… Faudra
penser à en recommander… Tu ne veux pas y goû-
ter ? » Je sais bien que maman ne boit jamais d'alcool, sinon je n'aurais pas pissé dans le goulot…
Pas beaucoup, cinq ou six gouttes, je voulais plus
mais j'ai sorti ma quéquette de la bouteille quand
j'ai entendu des pas.

. . . .

. . . .

Semaine n° 47. Du 13 au 19 mars 1975

Mes poissons rouges ont disparu ! Dès que je rentre, le midi, je pose mon cartable et je vais les voir. L'aquarium n'était plus à sa place, sur le réfrigérateur. J'ai d'abord cru qu'il était dans l'évier, pour changer d'eau. Rien. Je l'ai trouvé en haut du placard de la cuisine, au milieu des bocaux vides. J'en ai fait tomber. Il est sorti de la salle de bains à moitié rasé, en entendant le ramdam. Pas très à l'aise. Il travaille une semaine sur deux très tôt, et là, c'est sa semaine de l'après-midi. J'ai éclaté en sanglots. Il a fait semblant d'être triste pour me dire qu'il avait mal rincé le bocal après l'avoir nettoyé à l'eau de Javel. Les poissons étaient dans la poubelle, sous un emballage de Mokarex. Je les ai enterrés dans la jardinière, sur le balcon, avec des petites figurines d'Indiens, au-dessus, pour faire joli.

. . . .

. . . .

Semaine n° 48. Du 20 au 26 mars 1975

Je ne sais pas si on peut mourir à neuf ans, si le cœur peut s'arrêter d'un seul coup, à cause du chagrin. C'est la voisine du dessous qui a tout déclenché parce que l'eau traversait son plafond et avait fait un court-circuit dans sa télé, en gouttant. Elle tambourinait à la porte et ses cris résonnaient dans l'escalier.

Il est venu ouvrir, en pyjama. Maman était dans la baignoire, la tête contre le rebord en émail, les yeux à demi fermés. L'eau coulait du robinet de douche et passait par-dessus bord, par tout un tas de petits filets. Au début je croyais qu'elle nous faisait une blague. Il a dit : « Ne touchez à rien ! » et a coupé le courant au compteur. C'est là qu'il a sorti le sèche-cheveux qui flottait devant les seins de maman.

. . . .

. . . .

Semaine n° 50. Du 3 au 9 avril 1975

Elle est toute seule dans le cimetière depuis lundi. J'ai vu plein de gens de ma famille que je ne connaissais pas. On a tous mangé dans un restaurant, à l'entrée du cimetière de Pantin et j'ai pleuré pendant tout le repas. On m'a posé plein de questions, un monsieur de la police et un autre des assurances, rapport au sèche-cheveux, mais rien sur les poissons rouges. Ce n'est pas une histoire d'eau de Javel.

Semaine n° 354. Du 7 au 13 février 1981

Il pourrait être plus discret ce connard ! Ou les emmener autre part… Si je mets ma musique à fond la caisse, c'est pour ne pas les entendre ! Il parle encore de me placer en apprentissage, un lycée de menuiserie vers Lamastre, au fin fond de l'Ardèche où il connaît quelqu'un. Sous prétexte que je ne veux rien apprendre. Il ne s'interroge pas. Pour lui, c'est comme ça ! Menuisier du pied gauche... Rends-moi maman et j'apprends.

. . . .
. . . .

Semaine n° 553. Du 5 au 11 novembre 1984

Ils ne m'ont pas gardé longtemps, à Vincennes ! Même pas une journée. C'était comme une salle de classe sauf que le prof était en uniforme. Des paquets de tests plus débiles les uns que les autres du genre : « Qu'est-ce qu'on prend pour enfoncer le clou ? La cisaille, le discours ou le marteau... »

Au choix ! J'ai fait n'importe quoi, à la fin je ne lisais même plus les questions. Quand on a commencé à décrypter le morse, un trait long, deux traits courts, un examinateur est entré et m'a appelé, moi et un type qui avait la tête entourée de bandages, un accident de moto. Direct au psychiatre. Il m'a parlé de ma mère et c'est comme si je revoyais la baignoire. Grand-mère est venue à la maison mais elle ne le supporte pas, elle non plus.

. . . .
. . . .

*Semaine n° 726. Du 24 au 30 janvier
1988*

Des mois qu'il tousse comme une caverne. Le
matin il n'arrivait plus à garder son petit déjeuner.
Ça partait dans le lavabo, avec le dentifrice. Bonjour
le réveil ! Un sale truc en dessous de la gorge, à
l'œsophage. L'ambulance est venue le prendre, avec
tous les voisins dans l'escalier. Je leur ai claqué la
porte au nez quand ils ont voulu me plaindre… Je
m'en fous de leurs malades ; ils n'ont qu'à faire
pareil.

. . . .

. . . .

*Semaine n° 727. Du 31 janvier
au 6 février 1988*

Tu parles qu'il ne voulait jamais me laisser seul
à la maison ! Ça arrive à tous les mômes de jouer
avec l'éther et les allumettes. D'abord j'avais onze
ans et le liquide enflammé s'est mis à courir sur le
carrelage tout seul… J'ai jeté de l'eau mais trop tard,
il était passé sous la porte. À peine si ça a brûlé le
lino de l'entrée… Depuis il me prend pour un in-
cendiaire ! Prétexte ! J'étais à la recherche des lettres
que j'envoyais à maman, de colonie, quand je suis
tombé, dans le placard de leur chambre, sur une
grosse boîte de chez André. Des bottes, mais à la

place, entouré de chiffons, il y avait un sèche-cheveux, le même que celui qui a tué maman avec le ventilateur sous le plastique ajouré au-dessus de la poignée, sauf qu'il était en rose au lieu de bleu. Je l'ai dévissé. Il était tout rouillé à l'intérieur comme si on l'avait trempé dans l'eau.

. . . .

. . . .

Semaine n° 728. Du 7 au 13 février 1988

Pendant trois nuits je n'ai pensé qu'à ce sèche-cheveux, à la manière dont il s'y était pris. Tout est venu d'un seul coup, quand j'ai repensé aux poissons rouges ! J'ai relu mon journal de mars 1975 et je me suis aperçu qu'ils avaient disparu quelques jours seulement avant que maman s'électrocute dans son bain.

Je le vois comme si ça se passait devant mes yeux, en train de remplir la baignoire, d'y verser l'eau et les poissons de l'aquarium et de jeter le sèche-cheveux allumé pour vérifier si le courant les tuait...

. . . .

. . . .

Semaine n° 729. Du 14 au 20 février 1988

Il a essayé de sourire en me voyant entrer dans sa chambre. Son doigt se pliait, pour que j'approche.

L'opération lui avait laissé un trou dans la gorge
avec un gros pansement qui vibrait au rythme de sa
respiration. Il a ouvert de grands yeux quand j'ai
appuyé sur la gaze avec mon poing. Ça n'a pas duré
une minute. J'ai sonné pour appeler l'infirmière.

. . . .

. . . .

J'en étais là, avec la dernière page du cahier de
couturière en blanc, quand la porte de la cellule s'est
ouverte. Le flic à qui j'avais tout expliqué au commissariat est entré, le frère de mon beau-père sur
les talons. Il tenait le sèche-cheveux à la main. Il l'a
posé sur la couverture.

— Tu te souviens de la date… pour ta mère ?

Le frère me regardait comme au zoo.

— 21 mars 1975, le jour du printemps, pourquoi ?

Il a désigné le sèche-cheveux, d'un mouvement
du menton.

— Parce que ton histoire ne tient pas debout : j'ai
envoyé l'appareil chez Moulinex, pour expertise. Ils
sont formels, ce modèle a été fabriqué à partir de
septembre 1975, soit six mois après la mort de ta
mère…

Le frère a voulu apporter son grain de sel :

— Pourquoi tu ne dis jamais rien ? Si tu me
l'avais demandé je t'aurais expliqué que Jean et ta
mère s'aimaient comme peu de gens osent se l'imaginer… Il ne s'en est jamais vraiment remis… Je savais qu'il avait essayé de faire une connerie, à cette
époque…

Je me suis mis à ricaner. Lui, l'aimer ? C'est la meilleure ! Il n'y en a qu'un qui l'aime. Je criais.

— Menteurs ! Menteurs ! Vous inventez au fur et à mesure…

Le flic est venu à son secours.

— C'est malheureusement la vérité… Ton père a tenté de se suicider de la manière dont ta mère était morte, en s'électrocutant… Tu l'as tué pour rien…

Ils sont enfin partis, ils n'en pouvaient plus de m'entendre chanter… J'ai pris mon calepin à la dernière page, avant le calendrier de l'année 1974 et j'ai écrit mon titre :

Semaine n° 730. Du 21 au 27 février 1988
et je n'ai trouvé qu'une phrase à inscrire :

« Ils disent ça pour que je regrette. »

Toute une année au soleil

Le chien s'était habitué en moins d'une semaine.
Après dix années passées à étouffer ses cris dans
cet appartement de banlieue aux cloisons de papier
mâché, il donnait libre cours à ses instincts et hurlait
en écho aux autres chiens des fermes voisines sa-
luant l'apparition de la lune.

C'est Pierre qui avait eu le coup de foudre pour
cette région d'Ardèche. Il aimait les rivières encais-
sées, les villages fermés, les vallées authentiques que
leur inconfort protégeait des grandes migrations esti-
vales. L'autoroute du Sud passait à moins de 30 kilomètres, reliant Valence à Tournon, mais peu de
vacanciers se risquaient à emprunter les routes si-
nueuses du Haut-Vivarais.

Ils y étaient venus dix années de suite, en juillet,
pour les congés, profitant chaque fois des dernières
cerises et des premiers abricots. Ils avaient fini par
acheter une vieille ferme perchée au-dessus d'Arle-
bosc sur un chemin qui s'arrêtait à la bâtisse suivante.

Pierre avait obtenu sa retraite en janvier et il était parti préparer la maison pour l'emménagement définitif. Il restait à Josette un long trimestre à accomplir pour bénéficier d'un repos octroyé après le sacrifice de quarante années de sa vie au profit d'un fabricant de roulements à billes.

Elle l'avait rejoint en avril, avec le camion de déménagement et s'était installée dans la chambre dont les fenêtres donnaient en direction des Alpes que l'on apercevait nettement les veilles d'orage. Il y avait longtemps qu'ils ne faisaient plus chambre commune. Pierre bricolait du matin au soir dans la maison et dans le potager. Le soir il se bloquait, heureux, devant la télé, un verre de Saint-Joseph à la main. Josette montait se coucher et son regard se troublait sur les lignes d'un livre sans réussir à accrocher le moindre mot. Les premiers mois elle avait essayé de lier conversation avec les femmes, au marché, dans les commerces, mais son assurance de Parisienne, d'ouvrière rompue aux contacts, les avait effrayées. Les tentatives s'étaient échouées sur leurs « bonjour », leurs « bonsoir ».

Les enfants étaient venus, la fille en juillet, le fils en août, avec les petits, et elle avait cru faire provision de bonheur, d'éclats de rire pour les longs mois de déclin et de froid.

On était déjà en novembre et le vent sifflait dans les forêts dépouillées. Pierre remuait dans son lit, dormant par bribes. Le craquement d'une marche de l'escalier le mit en éveil. Il se redressa et tendit

l'oreille. On marchait dans la salle à manger. Il décrocha son fusil et, lentement, faisant glisser ses
pieds nus sur le carrelage du couloir, il progressa
jusqu'à la chambre de Josette. Le corps de sa femme
gonflait l'édredon. Pierre ne la réveilla pas et parvint jusqu'à la rambarde de bois qui surplombait le
rez-de-chaussée. Une forme noire s'éloignait vers la
porte d'entrée. L'inconnu se retourna brusquement
pour prendre la valise posée près de lui. Pierre inter-
préta le geste comme une menace et fit feu à deux
reprises. L'inconnu s'écroula et ses râles d'agonie
furent couverts par les réverbérations du fracas des
détonations. Pierre se précipita vers la chambre de
Josette, pour la rassurer. Elle n'avait pas bougé et il
eut soudain peur qu'il lui soit arrivé malheur… Il tira
l'édredon, faisant apparaître le traversin qui donnait
l'illusion d'une présence. Il posa le fusil et descendit
les marches à la volée, au risque de se rompre les os.
Son doigt s'écrasa sur la commande électrique. La
lumière crue éclaira le désastre. Josette gisait au milieu de son sang, sur le seuil de la maison. Elle avait
réussi à ouvrir la valise, dans un dernier sursaut, et
venait de quitter le monde le visage plongé dans les
photos, les lettres, les souvenirs d'une vie dont elle
avait refusé qu'elle se terminât là.

Le jeu-mystère

Patrick Bertin et sa femme, Sonia, habitaient une petite résidence de la rue Danton, à Levallois. De leur balcon ils apercevaient la Seine, grise, et la pointe de l'île de la Jatte que l'on aménageait en parc. Ils vivaient ensemble depuis cinq ans et attendaient un enfant qui ne venait pas. L'espoir partagé des premiers temps avait laissé place à l'amertume. Une guérilla domestique dans laquelle les coups de gueule et les prises de bec remplaçaient les embuscades. Patrick se calmait en courant le long des berges, de Neuilly à Saint-Ouen. Sonia, sédentaire, se gavait de chocolat devant la télé, de Dorothée-Matin à Soir 3. Un midi, par ennui, elle se laissa aller à pianoter sur son Minitel la réponse à un vague concours sur le feuilleton de la veille. Elle remporta le premier prix, un week-end à Amiens offert par le Conseil Régional de Picardie, co-producteur du feuilleton en question... Ce fut une révélation : eux qui ne donnaient même pas suite aux courriers mirifiques des Trois Suisses ou de La

Redoute leur promettant des millions par dizaines,
des voitures, des rivières de diamants, eux qui bou-
daient le tiercé, le loto, le tac au tac, se mirent à
écumer les journaux de télé, le stabilo-boss à la
main, soulignant le moindre écho concernant un projet de jeu, établissant des fiches par chaînes, par
animateurs, par familles de questions... Ils entraient
les données dans l'ordinateur gagné à l'Antenne est
à vous, sur FR3, peu après le retour d'Amiens et
s'organisaient des épreuves à blanc... En six mois
d'intense activité, ils avaient acquis une connaissance précise du terrain et recruté un redoutable
réseau d'informateurs parmi les secrétaires, les assistants, les techniciens des studios auxquels ils refi-
laient les lots en double. Un walkman contre
l'adresse de Sabatier, un magnétoscope pour le
téléphone de Sophie Darel, un fer à repasser pour le
planning du Jeu des mille francs. Ils apparaissaient
le midi sur la 2, pour Kazkado, empochaient dix mètres carrés de carrelage, une encyclopédie, un sauna
finlandais, et refaisaient surface le soir à Star-Quiz,
le sourire aux lèvres. Les trois pièces de l'appartement de la rue Danton étaient impraticables, encom-
brées de télés, de cartons, de meubles, et c'est à la
gentillesse des voisins qu'ils devaient d'accéder à
leur lit : chacun, dans l'immeuble, entreposait une
machine à laver, une table à repasser, une banquette
ou une panthère en peluche !
   Le 25 septembre 1988, ils décrochèrent Dimanche-
che-Martin. Le quartier se mobilisa en masse pour

les soutenir, à l'Empire. Ils firent don de leur *Voyage autour du monde* au curé de la paroisse Notre-Dame-du-Perpétuel-Secours qui sanglota en direct sur l'épaule de Jacques Martin. De retour à la maison, Patrick alluma l'ordinateur et afficha la liste des jeux. Il bascula *Dimanche-Martin* dans la colonne de droite, au milieu de l'impressionnante liste d'émissions radio et télé auxquelles ils avaient participé. Un seul titre occupait maintenant la colonne de droite : *Le Cercle magique.*

Au cours du mois qui suivit, Patrick et Sonia Bertin consacrèrent toute leur énergie à dynamiser leur réseau afin d'obtenir une sélection dans l'émission vedette de TF1. Ils étaient près d'aboutir quand, un vendredi soir de novembre, Michel Perrin apparut à 19 h 25, souriant, le cercle multicolore dans son dos, comme une auréole intégrale. Ce qu'il annonça les glaça d'effroi.

— Mesdames, messieurs, vous allez assister ce soir à la dernière du *Cercle magique*... Eh oui, nous sommes comme ça, à TF1, nous n'avons pas peur d'innover, même en plein succès ! Dès lundi, à cette place, je présenterai un nouveau jeu, encore plus passionnant et dont je ne peux rien vous dire pour la bonne raison qu'il est nécessaire que j'en ignore tout moi-même jusqu'à la dernière minute...

Sonia se rua sur le téléphone. Elle parvint à joindre le décorateur du studio qui, en échange d'une chaîne laser, lui confia que son équipe était requise pour le week-end et transformait les décors du

Monde en face, un projet abandonné pour cause
d'audimat défaillant. Le lundi matin à huit heures ils
battaient déjà la semelle devant les portes closes
quand Michel Perrin gara sa voiture sur le parking
réservé. L'animateur les reconnut instantanément.

— Qu'est-ce que vous foutez là ?

Patrick se planta devant lui.

— Vous n'aviez pas le droit d'arrêter le Cercle
comme ça, sans prévenir… C'était la seule émission
qui nous manquait… On vous a écrit au moins dix
fois… Jamais de réponse…

Michel Perrin frissonna et rajusta le col de son
manteau.

— Écoutez : vous traînez sur toutes les télés !
Depuis six mois, on ne voit que vous… Il suffit que
vous apparaissiez pour que les téléspectateurs croient
que le jeu est truqué ! Prenez des vacances : vous
en avez gagné au moins dix piges… Après on verra.

Sonia s'approcha.

— Vous ne pouvez pas dire cela : nous avons
toujours gagné honnêtement… Prenez-nous pour ce
soir… Nous n'avons jamais eu l'occasion d'inaugu-
rer une émission…

Michel Perrin la regarda fixement puis soupira :

— Je n'ai pas le temps de discuter, la sélection
des candidats a lieu dans deux heures… Entrez,
maintenant que vous êtes là…

À midi, les neuf dixièmes des postulants étaient
éliminés. L'animateur attendait ce moment pour sortir le questionnaire de blocage. Il laissa son regard

s'appesantir sur les cinq couples rescapés, s'arrêtant un moment sur Patrick et Sonia. Il énonça la question, lentement, hachant les syllabes.

— La clémentine est : A. un fruit d'origine chinoise, B. une orange naine, C. la création du père Clément.

Deux couples brandirent la pancarte A, deux autres la pancarte B. Seul Patrick exhiba le panneau C. Michel Perrin hocha la tête et tendit la main vers eux.

— La bonne réponse était la troisième. Patrick et Sonia seront donc les candidats du premier Jeu-mystère !

Ils passèrent une partie de la journée entre les mains des maquilleuses, des coiffeurs, des couturiers. La chaîne lançait une offensive de grande envergure pour s'imposer sur la tranche horaire menant à la grand-messe du Vingt-heures : tout devait scintiller. Ils mangèrent légèrement dans une loge insonorisée et furent conduits, les yeux bandés, sur le plateau. Michel Perrin dénoua les écharpes qui leur enserraient le crâne. La lumière des projecteurs les fit vaciller. Les applaudissements crépitèrent, bientôt couverts par une musique délirante où les trompettes coursaient les violons. Un gigantesque rideau rouge dissimulait la plus grande partie de la scène. L'animateur se racla la gorge, profitant des ultimes notes du jingle, et se plaça dans ses marques, face à la caméra numéro un.

— Le moment tant attendu est arrivé. Je vais découvrir en même temps que vous les règles du Jeu-mystère. Nos candidats, Patrick et Sonia, vont enfin connaître les épreuves qui les attendent.

Il décacheta l'enveloppe qu'un huissier en grande tenue vint lui apporter et déplia une feuille parche-minée.

— Voilà… Patrick, Sonia, j'ai l'immense bonheur de vous annoncer que vous avez gagné un robot ménager, un voyage à Bali pour deux personnes, une télévision coins carrés, une statuette mexicaine, un magnétoscope programmable sur trois mois, un collier en or véritable, une cuisine toute équipée et une Renault 19 TX… Huit lots magnifiques pour une valeur de vingt millions de centimes !

Le rideau se souleva majestueusement sur l'amon-cellement de cadeaux. Le public, subjugué, ne réa-gissait pas. Sonia broyait la main de Patrick, derrière le pupitre rose. Michel Perrin continuait sa lecture :

— Vous avez gagné ces lots, mais pour les em-porter, il va falloir répondre à huit questions. Pour chacune de ces questions, vous devrez mettre l'un de vos cadeaux en jeu. Si vous répondez juste, la mise est à vous, définitivement… Vous avez compris ?

Patrick avala sa salive et hocha la tête. L'anima-teur tira la première fiche.

— Que misez-vous pour commencer ?

Sonia sacrifia le robot ménager.

— Voici la question : les bouteilles en plastique datent-elles de 1979, 1969 ou de 1959 ?

Patrick ne prit pas le temps de consulter sa
femme.

— 1959 !

La musique désaccordée dégringola des cintres et
une hôtesse vint enlever le robot ménager. L'animateur esquissa une grimace.

— Eh non, c'est en 1969 seulement que Vittel
répandit l'usage de la bouteille plastique…

Au cours du quart d'heure qui suivit Patrick brada
le voyage à Bali, la télévision, le magnétoscope, le
collier, la cuisine équipée. La Renault leur passa
sous le nez à cause de la bande Velpeau dont il attribua l'origine au grec ancien *(vel pelos*, soins de
la peau !) alors qu'il s'agissait tout simplement du
nom d'un chirurgien… Sonia, décomposée, se mordait les lèvres. Michel Perrin, dépassé par les événements, prit la dernière fiche.

— Patrick je vous demande de réfléchir, vous
avez le temps… Concertez-vous avec Sonia avant
de répondre… Vous pouvez encore conserver cette
superbe statuette mexicaine en marbre certifié…
Écoutez bien : nous avons interrogé cent personnes
et leur avons demandé quel était le plus grand dic-
tateur de tous les temps… Qui ont-elles désigné en
majorité ?

Sonia se pencha vers le micro.

— Hitler…

La musique éclata en harmonies subtiles et le public se mit à frapper dans ses mains. L'hôtesse, qui

jusque-là débarrassait les lots en coulisse, remit en gros plan la statuette mexicaine à Sonia.

Ils rentrèrent à Levallois sans échanger un seul mot. Personne ne les attendait dans le hall comme les jours de triomphe. On les épiait derrière les rideaux. Patrick se laissa tomber dans le fauteuil remporté à Qui dit quoi et se versa un scotch. Sonia faisait les cent pas dans l'appartement, bousculant les trésors placés sur son chemin.

— Arrête ! Tu me fatigues...

Elle se planta devant lui.

— Elle est bonne celle-là ! Je fatigue monsieur... Sur le plateau, c'est là que tu aurais dû être fatigué, au lieu de dilapider tous nos cadeaux... Pauvre mec !

Il se releva, vert de rage et lui envoya le fond d'alcool au visage.

— Tu vas la fermer à la fin...

Sonia se précipita sur son sac pour prendre un kleenex et essuyer le scotch qui lui brûlait les yeux. Ses doigts se refermèrent sur la tête de la statuette. Elle se retourna et, par trois fois, le socle noir s'enfonça dans le crâne de Patrick.

Le reste de la nuit Sonia répondit à des dizaines de questions auxquelles elle avait perdu d'avance.

L'accouchement

L'équipe de télévision fut prévenue un peu avant dix heures, le matin du 26 avril 1993, et la Fiat Tempra break ne mit qu'un quart d'heure pour franchir les vingt-cinq kilomètres qui séparaient les studios napolitains de la RAI des faubourgs de la Madone-du-Rosaire. Il était encore trop tôt pour les visites, la route était dégagée, et ils atteignirent le site sans avoir à klaxonner en doublant les milliers de carcasses surchauffées qui, dans moins de trois heures, ceintureraient les vestiges de la ville martyr. Ils entrèrent dans Pompéi par la porte de Stabia. Deux gardiens bedonnants les attendaient devant la Caserne des gladiateurs. Ils guidèrent les manœuvres de stationnement du conducteur et, certainement chapitrés sur l'urgence de la situation, aidèrent en suant au déchargement du matériel vidéo. L'équipe bifurqua à droite, devant la Maison du cithariste. Les officiels s'étaient regroupés près du palais de Paquius Proculus. Le journaliste-réalisateur, Fabrizio Coturo, reconnut la silhouette massive du professeur

Maiauri que tout le monde surnommait le Hitchcock
du Vésuve. Il y avait également le responsable du
site, Emiliano Tirreni, et trois archéologues de
renom dont il chargea son assistante de relever les
noms. Tout ce beau monde parlait à voix basse,
comme si les murs cendrés avaient des oreilles,
comme si les mosaïques de Philoxenos dissimulaient
des micros. Plus loin, vers la porte de Nola, trois
terrassiers creusaient une tranchée d'écoulement des
eaux de pluie dans la terre friable et vierge du secteur numéro trois.

Maiauri se précipita au-devant des journalistes. Il
marchait par saccades, lançant ses jambes de côté,
gêné par sa ventripotence. Il posa la main sur
l'épaule de Fabrizio Coturo et le guida jusqu'au
groupe de scientifiques. Les pointes des chaussures
noires au vernis terni par une fine pellicule de cendre
délimitaient un rectangle de terre d'environ deux
mètres sur trois au centre duquel apparaissait un
fragment de statue. Le marbre, enfoui depuis près
de deux mille ans, brillait de son éclat originel. Le
cadreur régla le trépied de la caméra au maximum
afin de filmer le sujet en surplomb. Les professeurs
s'armèrent de pinceaux, de balayettes et se mirent
en devoir d'exhumer l'œuvre cachée. Il ne leur fallut
qu'une dizaine de minutes pour dégager l'épaule et
le visage rieur d'un bébé en pierre polie. Ils agis-
saient avec une infinie douceur, en accoucheurs
d'art. Fabrizio Coturo respira profondément pour retenir l'émotion qui lui piquait les yeux quand Emi-

liano Tirreni prit l'enfant dans ses bras pour le poser sur une table dressée près de la rue de l'Abondance.

Le reportage fut diffusé le jour même, au journal de 13 heures. La naissance de l'enfant de Pompéi bouleversa le pays. Pendant près d'une semaine les conversations furent pleines de ces images d'espoir et l'on en oublia même de brocarder le nouveau gouvernement, de s'interroger sur les liens des ministres promus avec la pieuvre ! Les terrassiers du secteur trois de la ville antique se mirent en grève le jour de la découverte, mais personne ne prêta attention à leur mouvement. Seul un fanzine napolitain auquel collaborait le fils d'un des ouvriers publia un écho sur le tract qu'ils avaient tenté de distribuer aux touristes indifférents :

Une dizaine de manœuvres du site de Pompéi ont cessé le travail, lundi 26 avril, pour protester contre le vol de leur trouvaille. En creusant une tranchée pour l'évacuation des eaux de pluie, ils sont tombés sur la statue aujourd'hui connue sous le nom de L'Enfant de Proculus. *Ils affirment que l'équipe dirigée par le professeur Maiauri aurait de nouveau enterré la statue afin de s'attribuer, par le biais de la télévision, la paternité de cette découverte. Précisons qu'en archéologie « découverte » se dit aussi... « invention ».*

La mort en huit chiffres

Je n'en peux plus... Il faut absolument qu'on m'aide sinon je ne sais pas ce qui va arriver... Je suis capable de tout dans ces moments-là... Les mômes, je les aime mais c'est comme si plus rien n'existait... Vous ne pouvez pas comprendre...

Les mots s'espacèrent, le léger froissement d'un kleenex... Anne en profita pour éloigner l'écouteur de son oreille endolorie. Elle bloqua le combiné entre son épaule et sa tête, puis avec sa main rendue libre, elle saisit un stylo et traça des croix dans les cases de la fiche statistique anonyme.

Femme : X
40-45 ans : X
Divorcée : X
Enfant(s) : X (2)
Employée : X...

Elle laissa le silence s'installer sur la ligne comme on le lui avait conseillé six mois auparavant, lors du stage de formation. Depuis toujours, elle ressentait le besoin d'être près des autres, de les réconforter, de les aider, et l'annonce parue dans *France-Soir* avait immédiatement attiré son attention :

SOS-Déprime recherche bénévoles motivés pour assurer permanences téléphoniques de nuit.

Sa candidature avait été retenue. Depuis, elle consacrait trois soirées par semaine à apaiser les souffrances de correspondants dont elle apprenait tout sauf le nom. Au début, François, l'homme avec qui elle vivait, avait tenté de l'en dissuader. Elle s'était butée et il avait dû s'incliner devant sa détermination, comprenant qu'elle n'hésiterait pas à le quitter s'il lui refusait son aval.

Il lui arrivait bien encore de lancer quelques piques, de lui faire remarquer l'heure lorsqu'elle rentrait triste du malheur entendu, mais avec une telle sincérité désolée qu'elle ne pouvait lui en tenir rigueur.

En semaine, les permanences étaient assurées à deux. L'association renforçait l'équipe le vendredi et le samedi soir ainsi que les jours de fête quand la joie des uns creusait le désespoir des autres. Anne s'était liée d'amitié avec Frédérique, une jeune infirmière qui doublait là ses journées d'hôpital, huit heures salariées pour les corps au martyre, quatre heures offertes à soulager les âmes.

Il était à peine 11 heures quand cette femme avait appelé, après un long quart d'heure de silence. Anne avait décroché en se tournant vers Frédérique.

— Tu peux descendre manger un morceau, j'ai

l'impression que ce soir ça va être calme… Tu vas chez le Chinois ?

Frédérique haussa les épaules, esquissant une moue.

— Ça ne me dit trop rien… Je vais voir. Salut, je reviens d'ici une heure.

Anne se sentait plus à l'aise seule. Elle pouvait laisser libre cours à ses sentiments, quelquefois à ses pleurs, sans craindre le regard de ses collègues. Elle rassura la femme en dérive puis un môme tout juste sorti de taule, paumé dans Paris, à qui elle donna une liste de points de chute.

L'appel arriva dix minutes plus tard : une voix grave, une voix d'homme dont les intonations étaient étouffées, comme s'il avait placé un linge contre l'émetteur. Elle avait l'habitude et, en règle générale, cela annonçait un obsédé sexuel, un type qui n'avait pas les moyens de se payer une ligne rose et qui se masturbait en haletant ses fantasmes. Elle s'apprêtait à raccrocher quand la phrase tomba :

— Vous devez venir à mon secours… Je crois que je vais devoir tuer quelqu'un…

Derrière la voix oppressée, elle crut discerner l'écho d'une fête.

Ces six mois d'écoute l'avaient aguerrie et elle parvenait à déceler la sincérité d'un correspondant en quelques secondes, à des signes imperceptibles, une certaine émotion, la manière de prononcer les mots, de les rendre graves.

Elle comprit qu'il disait vrai.

Il était assis dans un fauteuil de cuir, au centre d'une vaste pièce, face à un meuble bas dont les étagères supportaient les divers éléments d'une chaîne haute fidélité. Les diodes rouges du tuner rythmaient les tonalités du disque de bruitage. L'homme posa la pochette sur le tapis sombre qui masquait le parquet.

— Il faut me prendre au sérieux, mademoiselle. Ou peut-être madame…

Anne ferma les yeux.

— Mademoiselle. Mais si cela vous est plus facile, vous pouvez m'appeler par mon prénom. Je m'appelle Anne…

L'homme tendit le bras vers une table recouverte d'une nappe brodée pour prendre un étui à cigarettes en métal doré. Il l'ouvrit et fit glisser l'une des cigarettes blondes dont les filtres étaient pincés par une barrette de cuivre. L'intérieur du couvercle s'ornait d'une carte de l'Allemagne de l'Ouest gravée. Les contours de la zone d'occupation française étaient teintés en rouge. Il alluma sa cigarette avec un Zippo qu'il referma en faisant claquer le couvercle. Il avait posé le téléphone sur ses genoux. La partie inférieure du combiné était enveloppée d'un mouchoir maintenu à l'aide de sparadrap.

— C'est gentil de me donner votre prénom, Anne, mais n'attendez pas que moi je fasse de même. Je ne parle jamais à personne lorsque je suis dans cet état-là. Je sais simplement que rien ne pourra m'empêcher d'aller jusqu'au bout.

— Si vous avez ressenti le besoin de composer notre numéro de téléphone, c'est que, quelque part, enfoui au fond de vous-même, il y a l'espoir de...

— Taisez-vous, ne me parlez pas d'espoir ! Avez-vous déjà parlé à un meurtrier, à un assassin ?

Anne se troubla.

— Non, non, jamais...

Il se mit à rire, d'un rire forcé, maladif.

— Alors vous ne savez rien sur nous... Qu'est-ce qui vous fait croire que cette conversation a pour but de m'interdire de me mettre en chasse ? Parce que je vous ai demandé de venir à mon secours ? C'est ça ? Mais ce secours, c'est peut-être de m'aider à commettre mon crime ! Vous ignorez totalement ce qui se passe dans ma tête. Si je suis assez fou pour enfoncer un couteau dans le ventre d'une inconnue, pour quelle obscure raison ne le serais-je pas assez pour avoir besoin de cette... comment dirais-je... excitation téléphonique ! Vous seriez ma complice, en quelque sorte...

— Ça ne tient pas debout, il me suffit de raccrocher...

Il écrasa sa cigarette à demi consumée dans un lourd cendrier de cristal, au milieu d'une dizaine de mégots tordus.

— Pour continuer à vivre avec le remords ? Imaginez que demain votre journal vous apprenne qu'une jeune femme blonde a été poignardée à Paris, sans raison apparente, et que l'assassin a signé son crime en prélevant les bouts de seins de sa vic-

time… Vous vous reprocheriez jusqu'à votre mort
ce manque de courage. Parce que l'espoir dont vous
parliez tout à l'heure, cet espoir c'est vous qui le
nourrissez… Vous sauvez des vies à heures fixes…
D'habitude, bien sûr, votre clientèle, votre boutique,
ce sont les suicidaires, les meurtriers d'eux-mêmes,
et vous pouvez vous bercer de l'illusion de les avoir
sauvés. L'actualité ne vient pas vous démentir. Avec
les gens de notre sorte, la règle du jeu change du tout
au tout : votre échec s'étale à la première page des
journaux !

— Qui vous parle en termes de victoire ou
d'échec… Je suis ici pour vous écouter, vous proposer une solution si jamais il en existe une… Je ne
vous juge pas : j'ignore tout de ce qui vous pousse
à agir de la sorte. Il y a peut-être moyen de calmer
cette pulsion de mort… un remède… Laissez-moi le
temps de me renseigner sur une autre ligne…

L'homme agita la tête en souriant. Il tira une seconde cigarette de son étui qu'il avait laissé ouvert
près du fauteuil. Le Zippo claqua.

— Vous me décevez, Anne ! Vous croyez vraiment que j'accepterais de vous laisser appeler un
autre numéro ? Votre médicament ne serait pas en
vente à la maison « poulaga », par exemple ?

— Je ne comprends pas ce que vous voulez insi-
nuer… Elle commençait à avoir chaud et but à
grands traits à même le goulot de la bouteille
d'Évian.

— Les flics, si vous préférez. Cela m'étonnerait

qu'ils accèdent à une demande de ce genre, mais vous pourriez essayer de leur faire détecter l'origine de l'appel... Ce ne serait pas très gentil de votre part, Anne. En plus, si par malheur je ne tuais personne cette nuit, vous auriez bonne mine ! On doit exiger davantage de maîtrise de soi chez vos employeurs, non ?

— Que voulez-vous, à la fin... ?

Elle s'entendit, presque implorante, et rectifia sa voix :

— ... Je n'ai nullement l'intention de me mettre en rapport avec la police, le règlement de notre association nous oblige au secret le plus strict. En revanche, je peux, par téléphone, soumettre votre cas à l'un des médecins qui travaillent avec nous et il vous conseillera un calmant ou un traitement...

L'homme se leva de son siège, tenant son poste téléphonique à bout de bras. Il s'inclina vers le meuble hi-fi et augmenta légèrement le volume. La rumeur de fête, les appels forains, les cris des filles dans les manèges affolés, les patchworks de musique devinrent plus perceptibles pour Anne.

— Un calmant contre le crime ! Vous êtes vraiment extraordinaire ! Et remboursé par la Sécurité sociale en plus... On en donnerait aux gamins dans les casernes : huit jours de traitement intensif pour supprimer la guerre... Ne vous faites pas d'illusions, il n'y aura pas de consultation. Pas plus cette fois que les deux fois précédentes... J'irai jusqu'au bout de mon chemin de croix et seule la tiédeur du sang sur mes mains parviendra à m'apaiser.

Anne distinguait nettement les échos d'une fête foraine et essayait de se souvenir du quartier où, la veille, elle avait vu s'installer des manèges et des stands. Toute à son effort de mémoire, elle réalisa avec retard la signification de ce qu'elle venait d'entendre : « Pas plus cette fois que les deux fois précédentes. »

Elle se passa la main sur le front et rejeta ses cheveux en arrière.

— Vous avez déjà tué, vraiment ?

— Ça a l'air de vous émouvoir, votre voix a changé... Bien sûr que j'ai déjà tué : je n'arrête pas de vous le dire depuis le début, sur tous les tons. Je vous ai même décrit ma technique : je cherche une jeune femme correspondant exactement à mes désirs et, au moment opportun, je la poignarde dans le ventre. Ensuite je dénude sa poitrine et, à l'aide d'un rasoir de coiffeur, je coupe les mamelons, que j'emporte avec moi. Rappelez-vous, la dernière fois, c'était rue Durantin, dans le 18e arrondissement... On n'en a pas trop parlé parce que c'est tombé en même temps que cette sordide histoire d'assassinats de vieilles dames... Un journaliste dont je retiens le nom a été jusqu'à prétendre qu'il fallait mettre mon crime au crédit de cet ignoble individu...

Anne sentit un frisson de dégoût courir le long de son dos. L'annonce du crime l'avait frappée à l'époque : elle habitait alors un immeuble de la place des

Abbesses et, ce soir-là, elle avait fait un crochet par la rue Durantin afin de remettre un livre à une amie. Elle avait vécu trois ou quatre jours avec la peur du bruit de ses propres pas, puis la crainte s'était dissipée.

— Vous me croyez, maintenant, Anne ? Vous vous rendez compte que je suis un homme de parole... Je suis aussi sincère que vous, pas dans le même genre bien sûr, mais, en définitive, ce qui compte, c'est la fidélité à soi-même... Nous nous ressemblons, Anne.

Il tira une nouvelle cigarette de son étui et l'abondante fumée des premières bouffées se mêla au voile odorant qui flottait près du plafond.

— Depuis tout à l'heure, j'essaie d'imaginer le bureau dans lequel vous m'écoutez... seule... car je suis persuadé qu'en ce moment vous êtes seule... J'ai raison, n'est-ce pas ?

Elle tenta de nier, maladroitement.

— Vous vous trompez, je suis entourée de collègues... La nuit, nous travaillons toujours en équipe...

— Cessez de mentir. Il n'y a aucun bruit autour de vous, tout est étrangement calme... Si vous en aviez eu l'occasion, je suis certain que vous n'auriez pas manqué d'appeler à la rescousse...

Anne n'eut pas la force de le contredire. La voix de son correspondant résonna à nouveau dans l'écouteur :

— Laissez-moi vous détailler... Je ne connais de

vous que votre voix, mais elle ne peut appartenir qu'à une jeune femme... Je voudrais que vous soyez blonde, de longs cheveux libres sur les épaules, des yeux clairs, quelques discrètes taches de rousseur...

— Taisez-vous ! Taisez-vous... Vous êtes complètement malade. Vous êtes un monstre...

Le téléphone lui glissa des mains et vint heurter le plateau du bureau. Anne essuya les larmes qui brouillaient ses yeux gris et mouillaient ses joues parsemées de minuscules taches de rousseur. Quelques cheveux dorés s'étaient plaqués sur son menton et elle les décolla du bout de ses ongles pour les bloquer derrière le lobe d'une oreille. Elle reprit le combiné et le replaça dans le creux de son épaule.

— ... nervez pas comme ça ! Je ne veux pas vous faire de peine. Nous sommes presque des amis maintenant. Rien qu'à Paris, il existe des milliers de couples qui se parlent moins que cela dans toute une année ! Laissez-moi venir près de vous... Dites seulement que vous me le permettez et je serai là dans moins de dix minutes...

— Jamais. Vous m'entendez : jamais ! Des gens vont bientôt me rejoindre et vous ne pourrez rien faire. N'importe comment vous ne possédez que notre numéro... Personne n'a notre adresse...

Il tira une dernière fois sur sa cigarette et la jeta dans le cendrier.

— Pourquoi avez-vous si peur, dans ce cas ? Vous m'accordez beaucoup trop de pouvoir en vous trou-

blant à ce point. Les bureaux de SOS-Déprime sont
situés dans une minuscule rue, derrière Barbès…
Au numéro 17 de cette rue… Vous voulez que je
continue ?

Anne se mit à jeter des regards inquiets dans la
pièce et raccrocha, haletante. Elle se leva, décrocha
son manteau, passa son sac sur son épaule et se précipita dehors.

L'homme garda le récepteur près de son oreille
quelques secondes, souriant. Il arracha le sparadrap
qui maintenait le mouchoir, roula la bande collante
sous ses doigts et la jeta dans la corbeille. Il se mit
debout, s'étira, ôta le disque de bruitage de la pla-
tine, le glissa sous un meuble et le remplaça par un
disque de Satie. Il ajusta sa robe de chambre et
s'octroya une nouvelle cigarette qu'il préleva dans
son étui métallique.

La rue André-Del-Sarte était vide, tous les
commerçants avaient baissé leurs rideaux de fer. Elle
courut en direction de la rue Feutrier mais aucune
lumière ne brillait à la devanture du Chinois. Elle
gagna la rue de Clignancourt à toutes jambes et la
dévala jusqu'aux boulevards. La vue des passants
ne lui avait jamais fait autant de bien. Elle se bloqua
dans une cabine téléphonique et appela François.
La sonnerie résonna une dizaine de fois. Elle se mit
à paniquer à l'idée qu'il ait eu envie, ce soir justement, d'aller au cinéma. Il décrocha enfin, et pro-
nonça son « Allô ! » d'une voix ensommeillée.

— François, c'est toi ?

— Tu viens de composer mon numéro, qui veux-tu que ce soit ?

— Tu ne peux pas savoir combien je suis heureuse d'entendre ta voix…

— Ça n'a pas l'air d'aller… Tu ne devais pas travailler, ce soir ?

Un homme venait de s'arrêter devant la cabine. Elle sentit son regard descendre le long de son corps. La voix de François lui parvenait au travers d'un profond brouillard. Elle pivota et fit face à l'inconnu. Il se contenta de lui sourire et d'agiter sa montre pour signifier qu'il était pressé.

— Que se passe-t-il, Anne ? Je te sens toute bizarre… Tu veux que je vienne te prendre ?

— Non, tu es gentil… Je t'expliquerai… Il y a des taxis en face, j'arrive… Je t'aime.

Elle bascula la porte de la cabine et traversa la rue sans prendre garde à la circulation. Le taxi la déposa devant l'immeuble de François, rue de Lyon. Un couple entrait dans le hall, l'homme se retourna pour siffler son chien. Anne profita de leur présence et se glissa dans l'ascenseur. Elle ferma les yeux jusqu'à ce que les deux battants métalliques coulissent sur le palier du cinquième étage. Elle n'eut pas besoin de frapper à la porte, François l'attendait sur le seuil. Il la prit dans ses bras et, la soutenant, il la conduisit dans la vaste salle à manger, l'installa dans un fauteuil et s'assit près d'elle, sur l'accoudoir.

— Tu as l'air d'avoir rencontré le diable… Veux-tu que je te prépare un remontant ?

Anne se serra contre lui.

— Non… Ça me fait du bien d'être près de toi…
Je n'ai jamais eu aussi peur de ma vie… J'ai bien
cru qu'il allait venir me tuer…

Elle se libéra de son trop-plein d'angoisse, d'un
coup. Les larmes coulèrent sur ses joues, abondan-
tes. Elle se mit à lui raconter sa rencontre téléphonique avec celui que les journalistes surnommaient
le Boucher du 18e, entrecoupant son récit de pleurs,
de sanglots. François l'écoutait, immobile. Il se
leva et la fixa.

— Que vas-tu faire ? Appeler la police ?

— Pour leur dire quoi ? Ils vont me prendre pour
une folle. En tout cas, je suis certaine d'une chose :
je ne retournerai plus jamais là-bas… J'aurais dû
t'écouter depuis le début, c'est toi qui avais raison…

François allongea le bras vers l'étui à cigarettes
qu'il ouvrit d'une pression du pouce. La frontière
rouge de la zone d'occupation française scintilla
dans la lumière. Il se saisit du Zippo dont il fit claquer le couvercle puis le reposa avant de retourner
le disque de Satie.

Il se mit à genoux devant Anne, posa sa tête dans
le creux de ses cuisses.

— Tu ne dois plus avoir peur, maintenant, je suis
là près de toi, pour te protéger.

Le reflet

Toujours en train de gueuler, d'éructer, d'agonir !
Derrière son dos, ça fusait, les insultes. Le porc,
l'ordure, le führer… Impossible de tenir autrement.
Les courbettes par-devant, les salamalecs, le miel,
le cirage. Et l'antidote dès la porte franchie. Apprendre à sourire dans le vide en serrant les dents. Le
pire c'était les premiers temps, quand on arrivait à
son service, alléché par le salaire de mille dollars
nourri-logé… Il vous laissait approcher en vous regardant de ses yeux morts et vous plaquait les mains
sur le visage, vérifiant l'ourlé des lèvres, l'épatement
du nez, le grain de la peau, le crépu des cheveux.
Au moindre doute le vieux se mettait à hurler de
dégoût.

— Enfants de pute, virez-moi ça, c'est un Noir !

Le type y allait de sa protestation.

— Non monsieur, je vous jure…

Mais ça ne servait à rien. Il repartait plein d'amertume, un billet de cent dollars scotché sur la bouche, incapable de comprendre qu'il était tombé du

bon côté et que l'horreur attendait les rescapés sur-
payés de la sélection.

L'aveugle habitait un château construit à flanc de
colline, à quelques kilomètres de Westwood, et toute
la communauté vivait en complète autarcie sur les
terres environnantes, cultivant le blé, cuisant le pain,
élevant le bétail. Le vieux ne s'autorisait qu'un luxe :
l'opéra et les cantatrices blanches qu'il faisait venir
chaque fin de semaine et qui braillaient toutes fenêtres ouvertes, affolant la basse-cour.

Il ne dormait pratiquement pas, comme si l'obscurité qui l'accompagnait depuis sa naissance lui
épargnait la fatigue. Ses gens lui devaient vingt-
quatre heures quotidiennes d'allégeance. Le toubib
vivait en état d'urgence permanent et tenait grâce
aux cocktails de Valium et de Témesta qu'il s'ingur-
gitait matin midi et soir. Le vieux prenait un malin
plaisir à l'asticoter, contestant ses diagnostics, refusant ses potions. Ces persécutions n'empêchèrent pas
le docteur d'avertir son patient de la découverte d'un
nouveau traitement qui parvenait à rendre la vue à
certaines catégories d'aveugles. Le vieux embaucha
une douzaine d'enquêteurs aryens et leurs inves-
tigations établirent que le procédé en question ne
devait rien aux Noirs.

On fit venir à grands frais la sommité et son bloc
opératoire. Le vieux se coucha de bonne grâce sur
le billard et s'endormit sous l'effet du penthotal. Il se
réveilla dans le noir absolu et demeura trois longs

jours la tête bandée, ignorant si ses yeux voyaient ou non ses paupières.

Le chirurgien retira enfin les pansements. Le vieux ouvrit prudemment les yeux et poussa un cri terrible. Un Noir à l'air terrible lui faisait face. Il se tourna vers le chirurgien, terrorisé.

— Qu'est-ce que ça veut dire ! Foutez-le dehors…

Le toubib qui nettoyait les instruments s'approcha doucement de lui, posa la main sur son épaule et l'obligea à regarder droit devant lui.

— Alors il faut que vous sortiez… Ce que vous avez devant vous s'appelle une glace, monsieur : ceci est votre reflet.

Cheval Destroy

Je m'appelle Gérard Germain. J'ai presque cinquante ans et rien ne me distingue vraiment de la masse des employés qui sort de l'immeuble-miroir acquis par la STEHL Inc. à deux pas de l'Arche de La Défense. Je travaille au service des fournitures et j'alimente les bureaux en papier-machine, en crayons, en gommes, en agrafeuses. Les regards glissent sur moi et l'on peut croire que je suis un homme ordinaire.

Un observateur attentif aurait pourtant remarqué que j'ai emprunté non l'un des dix ascenseurs ultra-rapides mis à la disposition du personnel d'exécution, mais l'escalier de service, une sorte de colimaçon métallique enroulé autour de son axe de béton, dans lequel les pas résonnent comme dans un sous-marin vide. Je pratique de même le matin, et cela depuis cinq ans que l'entreprise a quitté ses bureaux de Pontoise après le rachat par Berker and Cie. Un trajet que l'on pourrait admettre venant d'un sportif, d'un claustrophobe, ou d'un employé modèle

désireux d'éviter les attentes improductives devant
les boutons clignotants.

Je n'appartiens à aucune de ces catégories même
si j'ai de l'estime pour les deux premières. Non, si
je m'impose cette essoufflante ascension quotidienne
et matinale, ainsi que cette descente saccadée qui
me tétanise les mollets et me brise les rotules, c'est
dans l'unique but d'échapper à l'emprise de l'électronique sur mon existence. À la seule pensée de
tous ces regards levés vers la sarabande des chiffres
en cristaux liquides, de ces portes automatiques
obéissant à un ordre invisible, une boule de nerfs se
forme dans mon estomac.

Ce n'est pas toujours facile de mener cette résistance solitaire, et pourtant elle occupe l'essentiel de
mon temps libre depuis vingt ans.

Tout a commencé par le refus d'ouvrir un compte-
chèques, en 1969, quand mon salaire a franchi allè-
grement le cap des mille nouveaux francs... Une
bataille de plusieurs mois pour obliger le service
« paye » à me verser mon argent en liquide : le responsable a capitulé devant l'amoncellement des chèques non encaissés ! Un employé qui refusait sa
paye... aucun texte ne prévoyait un tel cas de figure
et aucune sanction ne pouvait m'être opposée. Tout
au long de cette lutte j'ai fait le fier même si, à la
maison, on se nourrissait plus souvent qu'à notre
tour de café et de tartines beurrées.

Pareil dans les transports en commun lorsqu'un
adepte d'Orwell s'est mis en tête de régir la RATP

par l'électronique en instituant l'usage du ticket à
lecture magnétique. Ce n'est pas que je développe
une nostalgie particulière pour les poinçonneurs du
métro ou les receveurs des autobus… Il m'est fréquemment arrivé de maudire leur détachement, leur
lenteur en voyant une rame s'élancer vers le tunnel
ou en constatant que les places assises disparaissaient à vue d'œil et que j'étais bloqué sur la plate-
forme arrière ! Je n'admets tout simplement pas
qu'une intelligence mécanique ou électrique dis-
pense les hommes d'un minimum de prise sur leur
vie. Aujourd'hui encore il m'arrive de tourner des
heures entières dans Paris avant de garer ma voiture. Pour rien au monde je ne descendrais dans un
de ces parkings souterrains dont l'accès dépend
d'une pression sur un bouton et d'un appareil qui
crache son ticket comme une bouche immonde
vous tirerait la langue. Sans même parler des yeux
espions blottis dans les plafonds et dont les nerfs
courent tout au long des couloirs pour aboutir dans
des salles enfouies bourrées d'écrans.

Je vais jusqu'à dédaigner les machines horodatri-
ces et ne consens à stationner que devant les anti-
ques parc-mètres qui fractionnent le temps de leur
flèche rouge en échange de quelques pièces blanches. En vacances je m'impose des parcours surpre-
nants afin d'éviter le moindre tronçon d'autoroute à
péage. Je paye l'ensemble de mes impôts en liquide,
au guichet (exceptionnellement au moyen d'un man-
dat-carte) en prenant soin d'omettre l'effroyable

code personnel dont on m'a affublé sur l'avertissement : 255.47.3375.013.1988 ! L'employé, derrière sa vitre blindée, en est réduit à compulser le
fichier manuel pendant un bon quart d'heure : il ne
peut refuser mon argent au risque de ne jamais le
revoir. J'ai calculé mentalement que si, un jour,
j'étais imité par les vingt millions de contribuables
français, cette seule négation du chiffre d'identification créerait plus de trois mille emplois dans l'administration des Impôts.

Au supermarché, en bas de chez moi, je fais mes
courses un gros feutre noir à la main et je biffe les
codes-barres des produits dont ma femme, Florence,
emplit son caddie. Les gens du quartier me connais-
sent et dès que nous nous approchons d'une caisse,
ils se précipitent tous sur les files d'attente atte-
nantes. La caissière que nous avons élue lève les
yeux aux néons et se prépare intellectuellement à
son face-à-face avec le client-roi, les contrôleurs
pigent la situation et se rassemblent à la réception
du tapis roulant, prêts à courir dans les rayons à la
recherche des prix masqués. Là encore, dans la distribution, je suis sûr qu'on pourrait créer des milliers
de postes...

Ce soir, comme tous les autres soirs, je traverse
la dalle de La Défense, contourne le Calder, longe la
Seine avant le pont de Neuilly et récupère ma voiture
garée dans une petite rue de Courbevoie, face à l'île
de la Grande-Jatte. Il me faut moins d'une demi-
heure pour rejoindre le quartier Pompidou à Ville-

neuve-la-Garenne. Nous habitons le premier étage d'un pavillon et nos fenêtres donnent sur les toits hérissés de barbelés des Chantiers navals franco-belges.

Un attroupement s'est formé devant le portail et la lumière bleutée d'un gyrophare tournoie au milieu des silhouettes. Je m'arrête, à cheval sur le trottoir, et m'approche des badauds alors que l'ambulance du Samu s'éloigne toutes sirènes hurlantes. Les locataires du rez-de-chaussée m'aperçoivent et viennent à ma rencontre, le visage défait. Je ne vois pas leur jeune fils à leurs côtés et j'ai soudain le pressentiment d'un immense malheur. Je pose mes mains sur les épaules de la femme, prêt à la consoler de mes mots inutiles. Elle ne me laisse pas le temps d'ouvrir la bouche.

— Ils l'ont emmenée à l'hôpital de Saint-Denis, à Delafontaine… Elle ne cessait de prononcer votre nom…

Mes doigts s'enfoncent dans la ouate des épaulettes de son manteau. Je me tourne vers son mari.

— Ils ont emmené qui ? Je n'y comprends rien… Expliquez-moi !

Sa bouche s'étire et des fossettes se creusent au bas de ses joues. Il baisse le regard sur la pointe de ses chaussures.

— C'est arrivé il y a moins d'un quart d'heure… Un type qui roulait comme un dingue en venant des quais… Votre femme rentrait des courses au même moment… C'était pas beau à voir…

Il m'est impossible de réagir. J'ai du mal à respirer. Je remonte dans ma voiture et mes gestes s'enchaînent comme ceux d'un automate. Je traverse l'île puis Saint-Denis sans me soucier des feux rouges, des lignes blanches, des sens interdits, la paume écrasée sur la commande du klaxon. Ça se range en catastrophe à mon approche. J'ai l'impression de conduire dans un film, au travers de mes larmes. Je plante ma Renault sur une pelouse, devant le pavillon des urgences, malgré les cris d'un ambulancier. Florence est en salle d'opération et les assistants du chirurgien sont avares de confidences. Ils viennent se décontracter ou fument une cigarette près des ascenseurs. Je me ronge les ongles jusqu'à dix heures du soir pour apprendre qu'elle vient d'être transférée dans l'Unité de Soins Intensifs (USI) et que je ne pourrai la voir qu'au travers d'une vitre. Je ne contrôle plus le niveau de ma voix et c'est dans les yeux du toubib que je lis mes cris.

— Laissez-moi l'approcher…

— Nous ne pouvons pas, monsieur Germain. L'état de ses blessures exige qu'elle soit placée en champ stérile… C'est un miracle qu'elle vive encore…

Vers minuit, on m'autorise enfin à franchir le sas conduisant à l'USI. De lourds rideaux plombés sont tirés du côté gauche du couloir. Par les baies vitrées, à droite, on distingue le scintillement de Paris et l'autoroute du Nord qui éventre La-Plaine-Saint-Denis. L'infirmière ouvre la porte d'un boîtier à l'aide d'une clef et commande l'ouverture de deux rideaux. Ils coulissent sans bruit sur leur rail lubrifié. Je baisse les paupières et pose mon front sur la glace tiède. Mes poumons s'emplissent de cet air clos chargé de relents médicamenteux. J'ouvre grand les yeux, à m'en faire mal. Florence est nue sur son lit, immobile, un drap blanc, immaculé, recouvre ses jambes et son bassin. Une multitude de tuyaux, de conduits, de fils, sont fichés dans son corps et maintenus à l'aide de sparadrap. Certains aboutissent à des bocaux, des perfusions, des récipients. D'autres, plus nombreux, convergent vers une batterie d'écrans posés sur une étagère. Je compte douze moniteurs-télé qui dissèquent au moyen de courbes, de scintillements, d'échos, le fonctionnement de ses organes. Une machine qui bat au rythme de la respiration humaine lui fournit de l'air.

Le reflet de l'infirmière se superpose à la scène.

— Vous ne pouvez rien pour elle, cette nuit… Rentrez chez vous. Nous vous préviendrons s'il arrive quoi que ce soit.

Elle a déjà posé son doigt sur la commande des rideaux. Je ne me retourne pas, m'adressant à son image :

— Je n'ai pas le droit de la laisser seule… Permettez-moi de rester ici quelques heures… Je ne gêne personne.

Elle referme le boîtier et m'accorde deux heures, jusqu'à l'arrivée de l'équipe de relève. Elle appuie sur l'interrupteur et je regarde Florence qui baigne dans la lueur irréelle des écrans. Les vitres tremblent au passage des camions qui montent vers Rungis ou descendent sur Garonor. Soudain la télé connectée à son cœur s'éclaire violemment, projetant sur la pièce une lumière blanche, aveuglante. Les onze autres moniteurs de contrôle sont touchés à leur tour. Je me jette sur la porte, essayant de faire jouer la serrure. En vain. Les écrans baissent d'intensité et une bombe, reproduite en douze exemplaires, s'incruste en leur centre. Les mèches courtes se consument en une poignée de secondes puis tout s'éteint. Les télés, l'appareil respiratoire.

Florence.

Le flic qui me fait face depuis trois heures a l'air de s'être échappé d'un film d'horreur dans lequel il jouerait le rôle du savant fou : cheveux dressés, comme électrisés, teint olivâtre, yeux globuleux... Il déroule un listing et tapote à l'endroit où s'inscrit mon nom. Sa voix a du mal à passer au travers des dépôts de goudron et de nicotine qui bétonnent son organisme.

— Je vais vous dire, je ne crois pas au hasard ! Ça fait vingt ans que vous faites la guerre aux ordinateurs, si tout ce qu'on me raconte là-dedans est vrai... Soyez beau joueur monsieur Germain : vous nous dites ce que vous avez trafiqué sur les moniteurs de l'hôpital, on répare pour que cela ne se reproduise plus, et je vous promets que cette preuve de bonne volonté figurera dans votre dossier.

Je m'apprête à lui rabâcher pour la centième fois

qu'aucun de mes doigts n'a jamais effleuré un clavier ou une télécommande quand son adjoint, un culturiste fatigué aux muscles enfouis sous la graisse, fait irruption dans le bureau.

— Commissaire… Il vient de se produire la même chose sur tout le système du Ministère…

— Quoi ? Quelle chose ?

L'autre déglutit. Ses épaules s'affaissent.

— Les bombes… Il n'y a plus que de la neige ! La neige partout, à la place des fichiers… Personne n'y comprend rien…

Le commissaire se lève en me jetant un regard terrifié. Je le suis dans les couloirs de la Cité, le malabar sur les talons. Tous les employés de nuit du service informatique sont debout, devant leurs pupitres inutiles. Le préfet de police est descendu en hâte de ses appartements. Sa joue droite garde encore la marque de l'oreiller. Le commissaire le salue puis me désigne discrètement d'un mouvement de menton. Le préfet hausse les épaules, doutant visiblement de ma responsabilité. Je m'approche alors qu'il chuchote quelques mots à l'oreille du commissaire qui cligne des yeux, chatouillé par le souffle.

— C'est autrement plus sérieux que cela… Toutes nos informations des fichiers « cartes grises », « Renseignements Généraux », « circulation », « Orsec », ont été réduites à néant au cours des quinze dernières minutes… Un virus qui frappe selon une logique totalement incompréhensible… C'est effroyable.

— À part l'hôpital de Saint-Denis et nous, d'autres sont touchés ?

Le préfet baisse encore le volume de sa voix.

— Ce n'est pas un hôpital mais dix, cent ! l'ensemble des services de Santé du pays, les Impôts, les aéroports… Cette saloperie est partout…

En moins de trois jours le virus est venu à bout de la télévision, des journaux, des banques, de la distribution d'électricité, d'eau… Des dizaines de pays ont sombré dans le chaos et je me demande ce qu'il adviendra, ici, quand les stocks d'eau minérale et d'essence s'épuiseront.

J'ai revu le commissaire aux yeux fous pas plus tard que ce matin, à la maison. Il voulait savoir si un autre dessin s'était inscrit sur les écrans, juste avant les bombes. J'ai répondu.

— Non, je ne pense pas… Pourquoi ?

Il s'est gratté la tête, faisant tomber une pluie de pellicules sur le col de sa veste.

— Les plus grands spécialistes mondiaux d'informatique se relaient devant les écrans des systèmes encore en fonction. Ils guettent l'instant de mise en activité du virus… d'après leurs calculs ce parasite a été diffusé à des millions d'exemplaires à travers le monde sous une forme totalement innocente et cela depuis au moins trois ans…

J'ouvre une bouteille d'Évian et lui en verse un demi-verre qu'il boit à petites gorgées à la manière d'un alcool rare.

— J'ai bien peur de ne pas tout comprendre, commissaire.

— Vous n'avez jamais joué au Pac Man, ces petits personnages qui se bouffent entre eux ? Non, bien sûr… Il y a trois ans une version porno inspirée de ce jeu a eu un succès considérable : Eat Miss. Un type en érection courait après des centaines de femmes et devait faire le score le plus élevé possible. C'est ce logiciel qui contenait le virus. Tout le monde s'amusait avec, à la maison, au bureau… Il a infecté des millions de systèmes… Jusqu'aux ordinateurs de la station orbitale Mir, quand les Soviétiques ont eu l'idée d'inviter un cosmonaute français !

Il se ressert un verre, d'autorité. Dès qu'il lâche la bouteille, je la remets dans le coffre.

— Si cela fait trois ans que le virus existe, comment se fait-il qu'il ait attendu aussi longtemps pour provoquer tout ce gâchis ?

Le commissaire se met à rouler des yeux.

— C'est comme pour la grippe ou le sida : le virus est là, en sommeil, inoffensif. Il lui suffit de recevoir un ordre pour entrer en action. Le type qui a conçu cette bombe plus meurtrière que l'arsenal réuni de toutes les puissances nucléaires de la planète, a pu placer cet ordre à l'intérieur de n'importe quel programme. Du plus banal au plus compliqué. Il faudrait les analyser un par un. Ça demanderait des siècles alors que nous ne disposons que de quelques jours… On se tuera bientôt dans les rues pour une allumette…

Mon regard dérive sur le portrait de Florence accroché au-dessus de la cheminée. Je baisse les paupières pour retenir mes larmes.

— Est-ce que je suis vraiment le premier témoin au monde et Florence la première victime de cette catastrophe ?

— Oui, il n'y a malheureusement aucun doute là-dessus…

Je me dresse d'un bond.

— Dans ce cas, l'ordre de mise en activité du virus provient peut-être tout simplement de l'hôpital de Saint-Denis ! Réfléchissez…

Le commissaire se lève à son tour et me prend par le bras.

— Allons-y !

Les deux prix Nobel dépêchés en urgence à l'hôpital Delafontaine n'ont pas mis une heure pour trouver le cheval de Troie, le cheval destroy, dissimulé au cœur d'un des listings de programmation. Les bombes qui avaient détruit Florence étaient apparues à 2 heures 57 minutes 38 secondes, le matin du 20 janvier 1989. Ils ont vérifié l'ensemble des données et se sont aperçus qu'à cet instant précis, seule la liste du personnel avait évolué. L'ordinateur central traitait alors les données entrées tout au long de la journée et apportait une modification à l'état civil d'une infirmière : « Remplacer Élodie Le Garric par Élodie Vanier. »

L'infirmière est en service ; le commissaire la convoque immédiatement. Une jeune femme au regard bleu, au visage fatigué par les veilles. Elle éteint sa lampe torche et s'assied près des prix Nobel. Son histoire est simple. Elle vient de se marier, dix jours plus tôt, mettant ainsi un terme à un deuil de trois années. Son premier mari travaillait ici, au service informatique de l'hôpital… Un fou de la programmation, un obsédé du logiciel. Oui, elle se souvient, il lui avait fait promettre, sur son lit de mort, de ne jamais l'oublier, de ne jamais se remarier. De garder son nom, Le Garric, jusqu'à la fin des temps. C'est long trois ans…

Elle se met à pleurer.

Je croise de temps en temps le commissaire. Il est aujourd'hui l'un des collaborateurs directs du ministre de l'Intérieur.

J'ai repris mon travail à la STEHL Inc., dans le quartier de La Défense. Tous les matins je grimpe mes trente-cinq étages, imité en cela par la majorité de mes collègues. Je distribue les gommes, les crayons, les ramettes de papier, les agrafeuses et accroche parfois au revers de ma veste l'une des dizaines de médailles que m'ont décernées les plus prestigieuses universités de technologie de la planète pour ma contribution à la science.

Je m'appelle Gérard Germain.

Ils reviennent

Accroupi, il gratte le sol avec ses ongles. Le vent disperse le sable sec qu'il projette en arrière, entre ses jambes nues. Il se rappelle l'endroit exact qu'il avait choisi, trente années plus tôt, près des racines du tamarinier, pour enterrer sa haine et la douleur des souvenirs. Soudain, le tissu rouge qu'elle portait jusqu'au dernier jour apparaît et bien que l'éclat en soit amoindri par le temps et la terre beige incrustée dans la trame, son cœur se met à battre si fort que tous les bruits de la plaine s'évanouissent. Il se balance longuement au-dessus de la sépulture, les yeux fermés, puis ses doigts trouvent le courage d'exhumer le vêtement. Il doit pour cela creuser une tranchée peu profonde, d'environ un mètre cinquante de long et de la largeur d'une main. Il déplie la robe et le soleil scintille sur les clous d'argent incrustés dans la crosse du fusil.

Certains racontent aujourd'hui que Cémogo disparut d'un seul coup du village, comme par enchantement, mais ce n'est pas la vérité. Tous le regardèrent partir, le vieux fou, la poitrine barrée par la lanière de son antique pétoire, la robe de Fatumata nouée autour de la taille, et ceux qui ne riaient pas haussaient les épaules.

Il se met à marcher vers le nord, et ses pieds durcis, habitués à la piste, évitent les pierres effilées, les morceaux de ferraille dispersés autour de deux ou trois épaves de voitures aussi bien nettoyées qu'un squelette dans le désert. À la nuit, il fait une halte près de l'ancien village dont ne subsiste que le tracé des cases. On lui a raconté tant de fois le bruit d'orage des canons qu'il ne sait plus si ses oreilles de deux ans l'ont vraiment entendu.

La guerre mangeait alors les hommes par millions, là-bas, dans un pays appelé Champagne. Le regard de celui qui revenait intact, avec ses deux bras et ses deux jambes, était comme vidé par la mort. Bukara, son père, Bakary et Marakala ses oncles, les pères et les oncles de tous les villages peuls, bambaras, dogons avaient refusé de perpétuer le martyre des ancêtres déportés en Amérique, aux Caraïbes. Ils s'étaient lancés à l'assaut des mitrailleuses du commandant Caillet en brandissant leurs lances, leurs poignards, leurs fusils de fortune.

Après la bataille, le Français accorda aux femmes et aux vieillards le droit d'ensevelir les cadavres qui jonchaient la colline. Ils les rendirent à la terre tandis que l'artillerie faisait voler en éclats les murs de banko.

Cémogo est réveillé très tôt par un vol de hérons.

Il s'amuse à les mettre en joue et le bois arrondi du fusil retrouve sa place au creux de l'aisselle. Il reprend son chemin du même pas régulier que la veille et croise la piste d'In-Tellit. Il s'arrête au puits du village pour remplir sa gourde. Un camionneur allongé à l'ombre de son énorme Berliet jaune l'interpelle.

— Si tu vas à Gao grand-père, c'est ton jour de chance… Je pars dans une heure, le temps de laisser souffler le moteur…

Cémogo ne lui répond pas et quitte la piste en obliquant vers l'est. Il lui faudra trois jours de marche solitaire pour atteindre la prairie d'Ansongo. C'est là, sous les palmiers Songhoï, que les survivants du massacre de N'Dako s'étaient réfugiés, le temps que les Français les autorisent à construire un nouveau village. Sa mère travaillait dans les champs de sorgho et, quand les champs ne réclamaient pas ses bras, elle faisait la cuisine des hommes qui construisaient la route, avec les autres femmes. Le chef de cercle et les surveillants, des Sorkos de Koukya, ne brutalisaient pas trop les paysans. Les Blancs, eux, ne se montraient qu'au moment de la récolte.

En juin 1936 Cémogo s'était marié avec Fatumata. Un demi-siècle plus tard il lui suffisait de promener ces quatre syllabes sur ses lèvres pour que le fantôme de son amour se dresse devant lui avec les yeux du ciel, les cheveux du fleuve, la langue du soleil, les seins du Hombori… Il s'était couché sur son ventre pendant trois mois d'éternité, jusqu'au jour où tous les hommes valides furent rassemblés sur la place. Un Blanc, assis devant une table, criait un à un les noms inscrits sur une liste et les faisait suivre du mot « armée » ou du mot « office ». Cémogo s'était retrouvé dans la file de gauche, celle qui regroupait les « office »… Ils avaient marché en ligne, pendant plus d'un mois, d'Ansongo à Mopti, chargés comme des bêtes de bidons d'eau, de mil, de poisson séché, abandonnant les morts au bord de la piste. À Mopti, dans la région des marigots, ils embarquèrent sur des pirogues qui les menèrent à Jamarabugu. Au camp ils se mêlèrent à des centaines d'autres « deuxièmes portions » et furent parqués dans des cases recouvertes de paille, disposées en arc de cercle devant le bâtiment des gardiens. Avant l'aube, le lendemain, les surveillants les habillèrent en « soldats de l'office », un pantalon de toile, un tricot, un bonnet, puis ils les conduisirent au chantier du pont, sur la rive du fleuve. Les projecteurs éclairaient cinq piles maçonnées sur lesquelles s'agitaient des dizaines d'hommes. Ils relevèrent l'équipe de nuit. En moins d'une heure chacun savait ce qui lui restait à faire au cours de ses trois années de service : piocher sans un mot en évitant le bâton des surveillants, les éboulements de terre et les fils électriques mortels posés à hauteur d'homme. Le tiers des requis d'Ansongo mourut avant la fin du premier hiver, le ventre gonflé par le mil mal pilé et le poisson infesté de vermine.

Cémogo se blessa volontairement au bras et profita d'une semaine d'inaction pour reprendre des forces. Il déserta le matin où on le ramenait au bagne et rejoignit Ansongo, après six mois de marche au travers du pays Mossi pour apprendre la mort de Fatumata et de la fille minuscule qu'elle voulait donner à la lumière. La robe rouge de Fatumata ne le quitta plus pendant vingt années. Il la porta sous son boubou dans un sac attaché à sa taille. Le jour de l'Indépendance, il l'enterra enroulée autour de son fusil d'homme libre, près des racines du tamarinier.

Cémogo s'est arrêté devant la piste de Gao, près d'un panneau penché qui annonce Gargouna à vingt-huit kilomètres. Il se couche sur le sable, son fusil posé contre son corps et s'endort.

Le bourdonnement, plus faible pourtant que celui d'une guêpe, le réveille alors que le soleil caché derrière la terre colore déjà le paysage. Cémogo se lève et se plante au milieu de la route. Un point tout d'abord, puis la moto grossit à l'horizon. Derrière, le soleil s'élève dans le ciel, auréolant d'or la silhouette mouvante et son sillage de poussière.

Cémogo la laisse s'approcher et dès qu'il parvient à lire les mots inscrits sur le casque, le ventre, les cuisses, les bras du motard, il cale son fusil contre son épaule, ajuste le tir. Son œil droit collé à l'acier déchiffre les lettres de VSD, Banania, Banque Rivaud, Unilever, Total…

La détonation couvre la vibration électrique du

klaxon. La moto se met à zigzaguer et finit par se coucher en raclant le sol, près du panneau de Gargouna.

Cémogo s'agenouille à côté du cadavre. Une tache de sang s'élargit sur la combinaison du mort, obscurcissant les noms des sponsors. Il pose son fusil et ses mains agrippent les bords du casque. Il ferme les yeux en pensant à son père, Bukara, à Fatumata, à ses oncles Bakary et Marakala, à tous ceux qui ne revinrent jamais de Jamarabugu.

D'un geste brusque il arrache le heaume de plastique…

Il vient de tuer le premier leader africain du Paris-Dakar.

La page cornée

Le sable me fait horreur.

Je n'ai jamais pu comprendre pourquoi des millions d'individus qui passent onze mois de leur vie à traquer la saleté dans leur appartement se précipitent, au premier jour du douzième, vers les paysages les plus poussiéreux qui soient. J'ai toujours pensé que cela avait à voir avec la mort, que cela tenait à la présence, au même endroit, de l'étendue liquide des origines et du fractionnement irrémédiable de l'éternité...

Normalement je devais m'installer pour l'été dans une vaste maison de famille, aux environs de Pons, mais tout était devenu compliqué au dernier moment. Une cousine que Karine, ma compagne, n'appréciait pas venait de perdre son mari, et le cercle des proches l'assistait dans son malheur en l'accueillant, tout juillet, dans l'ancien manoir des Monnards que mon arrière-grand-père avait acquis après l'Armistice. J'avais besoin de calme et de solitude afin de terminer la rédaction d'un ouvrage consacré à l'évolution des jeux radiophoniques et télévisés, du radio-crochet à La Roue de la fortune. Les conditions n'étaient plus réunies, et nous avions cherché un autre point de chute, en catastrophe. C'est Karine qui était tombée sur l'annonce, dans *Le Chasseur français* :

Particulier loue juillet, août, septembre, villa style années 1920, isolée en forêt. Tout confort. Cuisine, sdb, salle à manger, salon, 5 chambres. Panorama. Proximité des plages. Contacter M. Vidarte, 46 67 25 77 à La Rochelle, H.B.

Cette dernière précision m'avait arraché une grimace, mais Karine était emballée par la description pourtant sommaire des lieux, et nous avions pris rendez-vous sur place, avec le propriétaire, à la mi-juin. Nous étions descendus jusqu'à Royan sous des trombes d'eau et avions longé la Grande-Côte en guettant d'illusoires éclaircies. Après La Palmyre, la route filait vers la Pointe Espagnole en traversant ce qui subsistait de la Coubre. Les troncs noircis des pins maritimes alternaient avec des enclos où l'on reconstruisait la forêt. C'est dans ce paysage noyé, traité au fusain, que je vis le panneau indiquant notre destination : hameau de Garlac 1,8 km. Karine était d'avis de rebrousser chemin. Du revers de la main elle essuya la buée qui obscurcissait le pare-brise.

— C'est pas la peine de perdre notre temps… On va chercher ailleurs. Je comprends maintenant pourquoi il n'a pas réussi à la louer. C'est sinistre quand tout a brûlé…

J'avais quitté la départementale pour prendre une petite route de traverse. Soudain, cinq cents mètres plus loin, tout s'était brusquement inversé. Une langue de sable nichée entre deux collines avait arrêté la progression de l'incendie et la forêt vivait, intacte. Les nuages s'effilochaient au-dessus de l'océan. Un rayon de soleil, réfléchi par la mer que l'on apercevait au travers du feuillage, nous obligea à plisser les yeux. La villa se dressait, solitaire, après le hameau. Deux ailes massives en pierre savonneuse rehaussées de poutres apparentes enserraient une sorte de tour carrée chapeautée par un toit pointu couvert d'ardoises. C'était une construction curieuse dont l'architecture empruntait tout à la fois à la chaumière normande, à l'orgueilleuse demeure bourgeoise de banlieue et à l'église de campagne. Je suivis une courte allée bordée de palmiers, et me garai près de la voiture du propriétaire. J'attendis que Karine soit venue à bout de son fou rire pour le rejoindre sur le perron. C'était un septuagénaire fatigué. Il était complètement enveloppé dans un imperméable beige, trop grand pour lui, qui ne laissait échapper qu'un visage dont la rondeur était accentuée par une totale calvitie. Monsieur Vidarte nous fit entrer dans un hall qui ouvrait sur les pièces de service, rassemblées au rez-de-chaussée. Les murs étaient recouverts de gravures et de tableaux dont le plus récent datait de l'immédiat après-guerre. Les cloisons intérieures faisaient une large place au vitrail décoré de motifs floraux, style Arts-Déco. Un escalier courbe en bois vernis desservait les étages. Les fenêtres de la plus grande des chambres, située dans la tour carrée, donnaient sur la mer et Karine nous l'attribua d'office. Elle distribua, par la pensée, les autres chambres aux enfants, réservant deux pièces aux amis qui ne manqueraient pas de nous rendre visite. Le soin apporté au choix des meubles, des tentures, le goût qui avait présidé à la décoration, tout concourait à créer l'illusion que vous y étiez pour quelque chose. Nos regards s'étaient croisés et nous avions décidé de louer la maison pour juillet bien avant que monsieur Vidarte nous conduise au sous-sol. Le garage pouvait abriter trois voitures. Il était prolongé d'un ancien atelier transformé en salle de jeux équipée d'une table de ping-pong et d'une cible pour fléchettes.

Toutes les ouvertures étaient protégées par des barreaux. Je m'approchai d'une porte fermée par une chaîne et un gros cadenas d'un modèle ancien.

— Là, c'est quoi ?

Le propriétaire s'apprêtait à sortir. Il s'était retourné.

— La chaufferie… Vous n'en aurez pas besoin, je peux vous l'assurer. Au cours des cinquante dernières années, je ne me rappelle pas avoir chauffé cette maison plus tard que Pâques…

Comme nous nous y attendions, les deux garçons avaient adopté la villa dès le premier coup d'œil. La matinée ils jouaient dans la pinède. L'après-midi Karine les accompagnait jusqu'à une plage abritée

de la Côte sauvage, par un chemin de sable encaissé
dans la forêt. Pendant ce temps, seul, les fenêtres
ouvertes sur l'océan, j'alignais les notices sur La
Course d'escargots de Ded Rysel, Les Incollables
d'Henri Kubnick, ou Avec quoi faisons-nous ce
bruit de Jean-Marie Legrand alias Jean Nohain, alias
Jaboune. Nous approvisionnions le frigidaire, tran-
quillement, en début de soirée dans les petites boutiques du port de La Tremblade. J'avais poussé une
fois jusqu'à Royan mais nous étions tombés, ironie
de la vie, sur le podium itinérant d'Europe 1. La ville
était quadrillée par des voitures sono vantant les
mérites d'une huile solaire sponsor du grand spec-
tacle gratuit. Dans l'impossibilité d'échapper aux
lamentations d'Herbert Léonard diffusées en continu
par les haut-parleurs, nous avions trouvé refuge
dans un supermarché, sur la route de Saintes.

Après manger, je me détendais en participant aux
tournois de ping-pong, de fléchettes, de pétanque
qu'organisaient les deux garçons. Une semaine de
pratique quotidienne m'avait permis de renouer avec
la science du lift, de l'amorti, du smash gagnant.
J'étais beaucoup moins heureux avec les boules
qu'avec les balles de celluloïd, et mon jeu désastreux
qui désespérait mon partenaire nous avait conduits
à supprimer les équipes pour nous battre chacun
pour soi. Je lisais tard dans la nuit. J'avais épuisé
en dix jours la pile de romans que Karine avait mis
dans nos bagages. Par bonheur, j'avais découvert
un stock de livres dans une armoire de la chambre

d'amis. Il était composé pour l'essentiel d'éditions originales des années trente, certaines dédicacées. Giono voisinait avec Queneau, Cami avec Tristan Rémi, Nizan avec Romain Rolland. Je m'étais replongé avec émotion dans des lectures de jeunesse, *Le Grand Troupeau, Le Chiendent*... jusqu'à ce blocage inexplicable sur un petit volume de la NRF dédié à Jean Guéhenno. Je connaissais l'auteur, Eugène Dabit, sans l'avoir jamais lu, à cause du film tiré de son premier livre, *L'Hôtel du Nord*. Celui-ci s'intitulait *Faubourg de Paris* et racontait l'enfance de Dabit dans les quartiers nord-est de la capitale, au cours des années vingt. J'avais parcouru les cent quarante premières pages avec plaisir, mais je ne parvenais pas à poursuivre au-delà. Je revenais inlassablement à ce dernier paragraphe :

« Dans ma jeunesse, moi qui ne pouvais quitter Paris, j'étais sensible à ce langage des murs, aux messages des rues. Ces foules qui glissent presque sans bruit, j'en surprenais déjà les pleurs, les plaintes, les ricanements. Le malheur est là. Sur un fumier de pauvreté poussent des fleurs monstrueuses qui ne peuvent orner les jardins de l'esprit. Mais elles tirent d'une terre noire un suc sans mélange, elles étoufferont les plantes de serre... »

Le coin droit de la page 147 avait été corné par quelqu'un qui n'avait jamais plus soulevé ce triangle de papier. Je comprenais confusément que c'était cela, ce signe d'un inconnu, qui m'interdisait d'aller plus loin, et non le texte qui résistait.

C'est la veille du 14 juillet, en milieu de matinée, que je fus dérangé par un bruit de vitre cassée. « *Flé... chissez les genoux... Res... pirez... Re... levez la tête... Ex... pirez...* » J'interrompis la rédaction de l'article consacré à Robert Raynaud, le précurseur de la gym-tonic et de l'aérobic, qui avait créé le Réveil matinal dès 1944. Je descendis l'escalier quatre à quatre pour me trouver dans le hall face à Marc, l'aîné.

— Qu'est-ce qui s'est passé ? Vous avez cassé quelque chose ?

Il baissa la tête, penaud.

— Je l'ai pas fait exprès, papa. On jouait au foot, entre les palmiers. C'étaient les buts... J'ai shooté trop fort et le ballon est passé à travers un carreau, à côté du garage...

Il me précéda afin de me montrer l'ampleur des dégâts. Par chance ils n'avaient pas brisé l'un des vitraux mais seulement un carreau du sous-sol. De l'extérieur, les barreaux m'empêchaient de prendre les dimensions et la fenêtre n'était pas accessible par l'intérieur. Je pris la chaîne qui interdisait l'accès à cette partie de la maison entre mes mains, vérifiant les anneaux. L'un d'eux était légèrement ouvert. Je parvins à l'élargir suffisamment pour faire glisser un maillon puis pousser la porte. Je m'aperçus alors que le sous-sol était plongé dans l'obscurité. Des tentures masquaient les fenêtres. Ma main se posa sur un interrupteur que j'abaissai. Une dizaine

de lampes s'allumèrent aussitôt, projetant une lumière jaune orangée sur ce qui me sembla être un
musée. Une tête de femme sculptée dans le bois et
qui devait, des années plus tôt, naviguer à la proue
d'un navire me regardait de ses yeux fixes. Tout le
mur de droite disparaissait sous une exposition de
longues photos sépia minutieusement encadrées.
Sur chacune d'elles, un navire à l'amarre dans le
même port, l'équipage au grand complet souriant
au photographe... Presque tous les hommes, marins
et officiers, levaient le poing. Je reconnus Barcelone
à la pointe de la Sagrada Familia, dans le lointain.
Il y avait de petits bâtiments avec leur nom, dans
un cartouche : le *Mostaganem, l'Espiguette*, le *Cas-
sidaigne* et d'autres bateaux plus imposants comme
le *Bougaroni*, le *Saint-Malo*, l'*Aïn-El-Turk* ou le
Winnipeg. Le drapeau de la compagnie portait en
plein cœur la lettre grecque *phi*, un i majuscule
auréolé d'un o. On avait réservé le mur de gauche à
une vingtaine de portraits disposés en étage comme
on l'aurait fait pour un arbre généalogique. Tout en
haut, un vieil homme au visage rond barré d'une
moustache blanche dont les pointes rebiquaient :
Joseph Frisch, président. Au-dessous, Pierre Allard,
Auguste Dumay, Simon Posner, Charles Hilsum.
Soudain j'eus l'impression d'avoir déjà vu l'homme
d'une trentaine d'années qui occupait la place centrale. Il posait devant la villa, habillé avec élégance,
la main sur le capot d'une énorme Hotchkiss. Je me
penchai et frottai la poussière déposée sur le cadre

pour connaître son identité : Émile Jansen. J'eus
beau faire tourner ce nom dans ma tête, observer ce
visage de près, plonger mon regard dans le sien, je
ne parvins pas à recoller les morceaux. Je me dirigeai vers un meuble en marqueterie que son plateau,
en basculant, transformait en secrétaire. Je délaissai
les nombreuses lettres attachées par paquets au
moyen d'un ruban rouge et portai mon dévolu sur
un petit album photo. Émile Jansen figurait sur la
centaine de clichés qu'il renfermait. On le voyait en
compagnie de nombreux hommes politiques d'avant-
guerre, Marx Dormoy, Gaston Cusin, Maurice Tho-
rez, Jean Moulin, Venise Gosnat, Pierre Cot... Il ne
se départait jamais de son allure de dandy, et bien
que plusieurs photos fussent prises aux environs de
la villa ou même sur le bord de mer, il ne se permettait jamais le moindre relâchement. Je tirai déli-
catement sur l'un des rubans rouges retenant une
liasse. La rosette disparut comme par enchantement.
Je dépliai une feuille épaisse, aux plis marqués par
le temps. Une écriture nerveuse courait sur toute la
page, pleins et déliés superbement dessinés.

CODE À TRANSMETTRE À MICHEL :
Fusils Lebel : Cramant
Mousquetons Lebel : Mercier
Cartouches : Bouchons
Fusil-mitrailleur : Lanson
Revolver à barillet : Cliquot
Pistolet automatique : Moët

Parabellum : Chandon
Mitraillette : Amiot
Mitrailleuses : Heidsieck
Mitrailleuse Saint-Étienne : Mumm
Canon de 37 mm : Duchesne
Obus de 38 mm : Royal Provence

J'étais en train de lire un second document intitulé
BILAN quand Marc et Aurélien déboulèrent dans le
sous-sol en criant. Ils s'arrêtèrent au seuil du « musée », impressionnés par la solennité qui se dégageait
du lieu.

— Qu'est-ce qu'il y a ?

Ils n'eurent pas besoin d'ouvrir la bouche. Je
compris ce qu'ils étaient venus me dire en voyant la
silhouette du propriétaire, monsieur Vidarte. Je reposai la lettre, mort de honte, relevai les yeux pour af-
fronter la situation. La lumière se fit instantanément
dans mon esprit.

— C'est donc vous, là, sur ces photos… Vous êtes
Émile Jansen…

Il récupéra le bilan, se mit à le lire à voix haute, la
voix tremblante d'émotion.

— 350 avions, 400 blindés, 200 000 fusils, 500
canons, 5 000 mitrailleuses, 6 000 mortiers, 12 000
fusils-mitrailleurs… C'est si loin, tout ça…

Il referma le secrétaire, fit jouer le mécanisme. Je
reposai ma question.

— C'est vous ?

— Non, cette histoire ne m'appartient qu'à moitié… Émile Jansen, puisque c'est sous ce nom qu'il est mort, était mon frère.

Je reculai jusqu'à la porte.

— Pardonnez-moi, je ne suis entré que dans l'intention de réparer le carreau cassé par les enfants… Je ne savais rien…

Il s'assit sur un fauteuil, sous les photos de bateaux.

— Ça n'a plus d'importance. Rien n'a plus d'importance aujourd'hui… Seul son prénom est le vrai, son nom c'était Vidarte, comme moi… Vous voyez le symbole sur les drapeaux ?

— Oui, c'est la lettre *phi*…

Il se mit à rire.

— Bon dieu, ça marche encore ! En fait c'est un I et un O mêlés… IO, pour Internationale Ouvrière. Vous vous demandez ce que ça vient faire dans une villa de millionnaire ? C'est simple. En 1937, à vingt-trois ans, mon frère était l'adjoint de Charles Tillon, un des dirigeants du Parti communiste français. Bien que nous soyons issus d'une famille d'ouvriers il n'avait pas le fameux genre « prolo », la casquette vissée sur la tête, non… Il a toujours eu cette prestance, et c'est son allure qui a conduit le Parti à le choisir quand il a été question de créer une compagnie de navigation. Les troupes d'élite de Hitler et Mussolini combattaient aux côtés de Franco, alors que les Républicains étaient abandonnés de tous… C'est l'Internationale qui a décidé d'acheter ces bâtiments pour ravitailler l'armée républicaine en armes et en munitions. La flotte était composée des navires affichés sur ce mur, les hommes qui dirigeaient la compagnie sont là et le bilan que vous lisiez, c'est le résultat de trois années d'activité… Presque tout venait de Mourmansk, en URSS, enfin à l'époque ça s'appelait comme ça, Union des républiques socialistes soviétiques… Une partie de l'administration française couvrait le trafic, mais il était nécessaire de traiter toutes sortes d'affaires directement : verser des commissions, s'assurer de silences… C'est à cela que servait mon frère… Il avait racheté cette villa avec l'argent de l'Internationale. Il vivait comme un prince, pour donner le change. Les ministres, les secrétaires d'État faisaient des pieds et des mains pour être invités ici…

Il se leva, marcha vers le jardin. Je refermai la porte, pinçai l'anneau de la chaîne avant de le rejoindre.

— C'est une histoire incroyable. Je retrouve dans ce que vous dites tous les ingrédients du roman-feuilleton…

Il haussa les épaules pour dire : « Peut-être », et entra dans la maison. Le livre d'Eugène Dabit était posé sur le guéridon, dans le hall. Il le prit entre ses mains, comme un objet sacré, l'ouvrit à la page cornée. Il respira profondément pour retenir les larmes qui lui gonflaient les paupières.

— Il n'a pas voulu fuir quand les nazis ont occupé le pays… Il dirigeait un réseau, en sous-main… Ils sont remontés jusqu'à lui en avril 43. Ils ont tout fait pour lui faire avouer son vrai nom… Il a tenu jusqu'au bout. Ils étaient là, tout autour, avec leurs chiens… On entendait ses cris jusqu'à la plage. Ils nous ont battus jusqu'à l'évanouissement, mais personne n'a parlé. Je me souviendrai jusqu'à mon dernier souffle de la matinée du 25 avril… Il faisait beau, comme aujourd'hui, un temps d'été. Ils l'ont sorti de ce sous-sol pour le traîner jusqu'au réverbère que vous voyez là-bas… Il les a forcés à s'arrêter en passant devant nous. Il a tiré ce livre de sa poche, et il me l'a tendu en me disant : « Surtout, ne perds pas la page, j'ai pas fini. »

Confidences

Ce n'est pas que nous soyons amis mais, comme on dit, le courant passe. Au début, cela ressemblait aux relations un peu figées qu'entretiennent deux types qui se sont rencontrés au cours d'une soirée, présentés par des amis communs. On fait échange de banalités, on ne sait pas où mettre ses mains, on finit par boire un peu trop et ça excuse les silences... Il s'appelait Andréas Waslsaw et son nom figurait sur une plaque discrète dans le hall de son immeuble, près des boîtes aux lettres. On ne se voyait que chez lui, dans sa bibliothèque. Il tirait les doubles rideaux, ne laissant pénétrer qu'un filet de lumière qui coupait les rayonnages, et nous discutions de tout, de rien, dans la pénombre. Comme son nom le laissait supposer, il parlait avec un accent qui effaçait les consonnes gutturales et insistait musicalement sur les linguales. Quand j'arrivais, le mardi après-midi, il me fallait m'annoncer à la concierge qui décrochait son téléphone mural.

— Monsieur Docton est en bas. Puis-je le faire monter ?

Elle adoptait chaque fois un ton de soubrette de cinéma qui cadrait mal avec son physique de cat-cheuse fatiguée.

Je trouvais toujours sa porte entrouverte et accro-chais mon manteau à la patère qui se reflétait dans la glace horizontale de l'entrée. J'en profitais pour me passer un coup de peigne dans les cheveux et vérifier mon allure. Waslsaw m'accueillait invaria-blement dans le salon, m'offrait du thé que nous buvions en échangeant nos impressions sur nos lec-tures ou sur les spectacles que nous avions vus l'un et l'autre au cours de la semaine précédente. Je ne manquais jamais d'évoquer le plaisir que je prenais aux courses de chevaux depuis que j'avais remar-qué le léger agacement que ce sujet provoquait chez lui. Cela m'avait surpris, au début, mais main-tenant il s'y attendait et mon intérêt s'émoussait au fur et à mesure qu'il dominait ses réactions... Je me retenais donc le plus possible et plaçais mon attaque lorsque Andréas s'apprêtait à se lever pour passer dans la bibliothèque.

— Je suis allé à Longchamp dimanche. Il faisait un temps idéal. J'ai eu un coup de cœur pour une pouliche de trois ans... Vous l'auriez vue sortir du pesage ! Elle était irrésistible... Je l'ai jouée gagnant sec tout en sachant qu'elle allait brûler ses forces avant la dernière ligne droite... On ne peut pas être plus joueur que ça : miser sans marge de sécurité alors que l'on sait pertinemment que l'on va perdre ! Rassurez-vous, c'est le genre de cheval à suivre : elle me rendra mon argent et les intérêts sous peu...

Son mouvement pour s'arracher au fauteuil s'était interrompu une fraction de seconde, les mains en appui sur les accoudoirs, les talons soulevés, mais le visage était demeuré impassible. Tout se passait à l'intérieur.

Il se déplia et m'invita à entrer dans la bibliothèque. Je m'installai sur la banquette en lisant machinalement les titres gravés au fer sur les tranches courbes des reliures. Andréas Waslsaw s'assit près du guéridon, repoussa le vase en le faisant glisser sans bruit sur la marqueterie. Il remonta ses lunettes sur son nez, posa son index droit sur sa lèvre inférieure.

— Vous possédiez vous-même un cheval à une époque, si je me souviens bien...

Il n'avait aucun mérite, je m'entendais encore lui racontant l'histoire le mardi d'avant. Le poulain m'avait été offert pour mes quinze ans. Je l'avais baptisé en versant le fond de ma coupe de champagne sur son crin. C'était l'année des B : j'avais ouvert le dictionnaire au hasard des mots en B et pointé mon doigt sur la seconde colonne de gauche :

BAKCHICH : *n. m.*, mot persan désignant le pourboire, quelquefois le pot-de-vin.

— Drôle de nom pour un cadeau..., avait dit ma mère, contrariée.

En fin d'après-midi mon père m'avait aidé à seller Bakchich pour une première promenade.

— Ne le pousse pas trop, il manque encore de résistance...

On moissonnait et il me fallait me contenter du trot rapide sur les chemins menant aux champs. Le poulain en voulait. Il répondait à la moindre pression de mes genoux sur ses flancs. Je le retenais pour obéir aux recommandations de mon père, mais je me sentais davantage en accord avec la jeunesse de l'animal… Nous nous sommes retrouvés près des ruines du moulin de Forges alors que le soleil commençait à décliner. La venelle ondulait au creux de la vallée. Des dizaines de moissonneuses traçaient leur sillage sur les pentes douces des collines et les cris des paysans montaient jusqu'à moi. Je voulus reprendre le chemin de la maison mais une procession de charrettes chargées de foin m'en dissuada. Je décidai de rentrer par les bois des Étangs. Andréas en était resté là de mes confidences. Je ne lui avais pas dit le galop insensé au travers des châtaigniers, le bruit du vent, les branches qui me cinglaient le visage et la chute après que le cheval se fut pris une jambe dans une souche… J'avais roulé sur une pierre et fini ma course contre un talus, groggy mais indemne. Bakchich gisait sur le flanc à dix mètres de moi. Je me levai et me dirigeai vers lui en titubant. Il soufflait tout ce qu'il savait et ouvrait la gueule, les lèvres retroussées, me montrant les dents dès que j'apparus dans son champ de vision. Sa jambe avant gauche faisait un angle droit à hauteur du genou, le canon brisé net. Il se mit à gémir quand je m'agenouillai près de lui, une plainte aiguë qui me bouleversa. Je ne sais combien de temps je restai à le caresser, à pleurer en regardant ses yeux affolés... La nuit tombait alors que je pénétrai dans la salle commune. Mon père se jeta au-devant de moi.

— Où étais-tu passé ? Ça fait des heures que nous te cherchons. Tes oncles sont encore dehors à interroger les paysans des alentours !

Je me précipitai dans ses bras en éclatant en sanglots.

— J'ai perdu Bakchich... J'ai perdu Bakchich...

Rien d'autre ne sortait : des larmes de mes yeux et cette seule phrase de mes lèvres.

On me fit asseoir. Mes parents, ma sœur et les amis invités à la fête faisaient cercle autour de moi. Mon père tira un tabouret à lui et le glissa sous ses jambes écartées.

— Comment ça, tu as perdu ton cheval... Explique-toi !

Je m'essuyai le visage du revers de la manche puis me mouchai.

— Je suis allé jusqu'au moulin de Forges... À hauteur des silos de maïs je suis descendu de cheval pour cueillir des mûres. À un moment un tracteur est passé sur le chemin. Il a dû lui faire peur... Il s'est enfui...

— Tu ne l'avais pas attaché par la bride ?

Quelques larmes coulèrent encore sur mes joues.

— Non, j'ai oublié... Il s'est mis à galoper vers le bois des Étangs... J'ai couru en criant. Je l'ai vu

entrer dans le bois par la grande allée et il a disparu... Je l'ai cherché longtemps avant de rentrer...

On m'abreuva de chocolat chaud, de gâteaux
tandis que deux voitures partaient pour les Étangs.
Je feignis une intense fatigue et ma mère m'autorisa
à gagner ma chambre. Je me déshabillai. Réfugié
sous les draps, j'attendis, anxieux, le retour des adultes. Minuit venait de sonner au clocher de Frainville
quand les pneus des voitures crissèrent sur le gravier
de l'esplanade. J'entendis mon père remercier tous
ceux qui l'avaient accompagné puis, tout de suite,
ce furent des éclats de voix dans la salle du bas.

— Où s'est-il caché ?

— Ne crie pas, je t'en prie... Il est exténué et je
lui ai dit d'aller se coucher. Vous n'avez pas retrouvé le cheval ?

Les marches de l'escalier craquèrent sous son
poids.

— Il a fallu l'abattre. Il l'a abandonné dans une
clairière avec une patte brisée... Tu sais ce que ça
peut représenter de tirer une cartouche derrière la
tête d'un cheval ? On a l'impression de tuer un
homme...

— Attends demain pour lui parler. Tu es sous le
coup de la colère...

La rampe grinça. Ma porte s'ouvrit violemment.
Je remontai le drap sur mes yeux.

— Sors de là... Sors de ton lit immédiatement et
arrête de jouer la comédie. Tu n'as pas plus envie

de dormir que moi. Ton cheval s'est sauvé près du roncier, c'est bien ça ?

À cet instant précis, je me suis mis à pleurer.

Andréas n'a pas bougé, il a simplement baissé la voix.

— Pourquoi êtes-vous si triste ?

J'ai posé mon front sur l'accoudoir de la banquette et mes larmes ont taché le cuir.

— Il m'a éjecté du lit par l'épaule, et m'a traîné sur le palier... Ma mère était en bas ; elle lui criait de ne pas me faire de mal... Il a levé la cravache, celle que j'avais oubliée près de Bakchich et qui prouvait que j'étais bien là, près du cheval quand il s'était cassé la jambe... Je me suis débattu en hurlant de terreur. Il essayait de me fouetter... J'ai commencé à le mordre, à lui donner des coups de pied... Il a lâché prise et à travers mes larmes je l'ai poussé... Il a roulé dans l'escalier, rien que le bruit de son corps qui rebondissait sur les marches. Ma mère s'est précipitée vers lui mais il n'y avait plus rien à faire... La police nous a crus, pour l'accident... Tout le monde avait beaucoup bu pour mes quinze ans...

Je décollai mon front du cuir humide et collant. Andréas Waslsaw me regardait fixement d'un air que je ne lui connaissais pas, entre la surprise et le dégoût... Je réalisai soudain l'énormité de l'aveu et le pouvoir que je venais de lui octroyer. Ma main se referma sur le cou de la statuette. Il essaya de fuir vers le salon mais la porte s'ouvrait en tirant... Je le frappai dix, quinze fois. Le socle lui défonça le

crâne. J'effaçai mes empreintes, renversai quelques
tiroirs et descendis dans le hall sans éveiller l'attention de la concierge. Près des boîtes aux lettres une
jeune femme levait la tête vers la plaque de cuivre :

ANDRÉAS WASLSAW

Psychanalyste
(sur rendez-vous)

Les versets étatiques

JANVIER 1977

Jean-Pierre attendit que les enfants disparaissent dans le creux qui menait au village. Il se déshabilla devant la glace et, nu, traversa le patio. Le vent éparpillait quelques lambeaux de l'affiche jaune apposée la veille par l'employé de mairie. Il vida le congélateur, empilant les boîtes étanches, les sacs en plastique dans la baignoire. Il remonta de la cave une bouteille de butane et la fit basculer avec peine dans le bac du congélateur. Un soleil timide effilochait la brume, découvrant la cheminée inutile des Textiles vosgiens. Jean-Pierre enjamba la paroi du congélateur et s'allongea dans le fond. La peau de son dos adhéra au plastique. Il tendit la main pour faire retomber le couvercle, puis, à tâtons dans l'obscurité, desserra lentement la molette de la bouteille de gaz.

Qu'avais-je à porter le feu dans ce palais à l'air conditionné où l'on n'entendait ni la rumeur du monde ni le bruit de la rue ?

FÉVRIER 1978

Il se tenait accoudé à la rambarde métallique, une cigarette aux lèvres. Son casque lui mangeait la moitié du front. Le pont roulant glissait sur ses rails, forcé puis freiné par le balancement de la charge. Il en stoppa la course d'une pression du pouce sur la télécommande. Le chariot bascula, libérant deux cents kilos d'acier en fusion. Il sentit la barrière lui écraser le ventre, l'appel des pieds, comme à la piscine le dimanche matin. Il se raccrocha à la commande, le fil se tendit, rompit. L'acier comme un cercueil liquide.

La puissance d'un pas dépendra moins, demain, de ressources naturelles et de richesses financières que de matière grise.

MARS 1979

Gisèle aligna sur le lit les plus jolis vêtements de sa fille. Elle ferma les volets et rabattit le drap de lit en triangle, sur le côté. Florence trottinait à quatre pattes dans l'appartement vide. Elle essaya de se mettre debout contre le mur en apercevant sa mère. Gisèle la souleva jusqu'à son visage et l'embrassa, une dizaine de baisers brefs qui firent rire la gamine aux éclats. Elle prit la casserole d'eau qui bouillait sur le camping-gaz puis en versa le contenu dans la grande cuvette en plastique remplie d'eau froide. Florence entra dans le bain tiède, barbotant au milieu de ses jouets. Les yeux clos, Gisèle posa sa main sur le crâne de sa fille et lui maintint le visage sous l'eau. Elle la sécha, l'habilla comme pour un dimanche, avant de se coucher à ses côtés.

La misère naît de la misère, comme s'il était fatal que deux milliards d'êtres humains descendent les marches de l'enfer.

AVRIL 1980
Édith tournait sur la piste minuscule, les cuisses ouvertes, écartant les lèvres de son sexe devant les lumières allumées, puis elle pressait ses seins l'un contre l'autre, marchait à quatre pattes, les reins cambrés, les fesses offertes. Toutes les deux heures une femme de ménage nettoyait les cabines, ramassait les kleenex, astiquait les sièges. Un jour la glace avait explosé à coups de marteau. Édith avait juste eu le temps de reconnaître son père avant que la masse qu'il brandissait ne lui défonce le crâne.

Toutes les familles politiques françaises font de l'éducation et de la formation leur priorité : cette unité de vues me remplit d'espoir.

MAI 1981
Marc entama une grève de la faim quand il fut clair qu'on ne voulait rien sauver de l'usine où il avait passé sa vie. Il s'enchaîna au pied de sa machine, trois semaines sans bouger, dans le bruit du

travail qui l'isolait. Sa conscience solitaire s'est ba-
lancée, bien des mois plus tard, au bout d'une corde.

*L'espace social a franchi tous les degrés de
l'honorabilité, s'il n'a pas encore franchi le premier degré de la réalité. Il est là. On ne peut plus
l'ignorer.*

JUIN 1982

Yannick emprunta la voiture de son frère et mit
vingt francs d'essence. Il contourna la ville par la
rocade et pointa le nez de la Renault 5 droit sur
l'avenue partageant la zone industrielle. Il poussa la
quatrième à fond, faisant hurler la mécanique. Chacun des noms surplombant les façades lui rappelait
une lettre de refus. Il écrasa l'accélérateur du plus
fort qu'il put à l'approche du virage et ne tenta
même pas d'agir sur le volant. La façade de l'ANPE
vola en éclats et la Renault explosa sur le mur réservé aux petites annonces.

*La société française s'est réveillée trop tard.
Sortie de sa torpeur, elle bouge ou veut bouger. Se
pose alors cette question : que faire ?*

JUILLET 1983

Michel fit la tournée des copains et emprunta,
après une semaine de palabres et de promesses hon-
teuses, assez pour acheter une carabine 22 long rifle
au Carrefour situé en bout de ville. Il s'habilla de

couleurs vives, maquilla son visage à la manière d'un chef indien, se rendit en mobylette dans le quartier de la mairie. Il se posta derrière une camionnette, ajusta son tir dix centimètres à droite de la guérite occupée par un flic dont il ne distinguait que le profil surmonté d'une casquette à visière. Il appuya sur la détente et la pierre s'effrita instantanément. Le flic se mit à gueuler et à faire jouer son automatique. Michel se cassa en deux, chargea le commissariat en tiraillant au hasard. La rafale le cueillit alors qu'il atteignait la ligne blanche départageant la chaussée.

L'actualité est ainsi faite, qui attire et fixe notre attention sur des événements que l'on croit éphémères ou nés de circonstances, alors qu'ils viennent du fond de notre société.

AOÛT 1984

Il prit six sucres et, à l'aide d'un feutre, traça un trait noir au milieu de leur surface, les séparant en deux carrés égaux. Puis avec une pointe de colle, il les décora de cachets de Valium et de Témesta. La télé muette renvoyait des images tranquilles d'hommes souriants. Il avala le premier sucre avec Ockrent, le second avec Jacques Vabre, le troisième devant une présentatrice non sous-titrée, le quatrième avec Victor Lanoux, le cinquième en compagnie d'un Polac flou... Il n'eut pas la force d'ingurgiter le double-six qui resta sur la table, devant Joseph Poli, avant que la neige anéantisse son esprit.

La conquête de l'avenir ne peut qu'être le fruit d'un élan national, toutes forces confondues.

SEPTEMBRE 1985

Elle se munit d'une couverture, d'une boîte de gâteaux qui traînait dans le placard et emmitoufla son gamin dans une veste trop grande récupérée lors d'une distribution du Secours catholique. Elle s'installa gare du Nord, près de la tête de station des taxis. Des pièces jaunes tombaient de temps en temps près du carton griffonné à la hâte. Trois clochards la sommèrent de déguerpir, une heure plus tard, ulcérés de se voir disputer leur territoire.

Il est temps que la Bourse redevienne le lieu où l'épargne s'investit pour créer et bâtir, et que cesse de triompher une économie de spéculation à courte vue.

OCTOBRE 1986

La ville avait perdu la moitié de ses habitants depuis la fermeture des hauts-fourneaux. La rue principale alignait une théorie de boutiques fermées et les rideaux de fer s'ornaient d'affichettes immobilières, comme des faire-part colorés. Pietro entassa ce qu'il pouvait dans la remorque de sa Peugeot et, les larmes aux yeux, mit le cap sur l'Italie de ses ancêtres. L'onde de choc de l'explosion le rattrapa alors qu'il dépassait les limites de Thionville. Personne dans la voiture ne se retourna. La poussière anéantissait leur vie avant échéance.

Ce n'est pas en vendant sa maison, ses meubles et son chien pour aller en villégiature qu'un ménage arrondit son bien.

NOVEMBRE 1987

Le journaliste bâillait à l'arrière de la 205 après une journée de reportage passée dans les locaux de l'identité judiciaire. L'inspecteur qui le ramenait à son point de départ se prenait pour un flic de formule 1, ignorant les feux, annulant les lignes blanches, inventant le dépassement en troisième file. Le journaliste s'essuya les yeux et se pencha vers le conducteur.

— Je ne suis pas si pressé...

L'inspecteur brancha la sirène.

— Moi si ! Dans cette putain de ville, il y a 365 troquets arabes... On s'en fait un par jour sur le coup de quatre heures... J'en loupe pas un, ça décontracte.

J'aimerais que les naturalisés de l'année fussent reçus comme pour une fête, de façon solennelle et joyeuse, par le maire et dans sa mairie, là où ils résident. On respirerait mieux en Franee.

DÉCEMBRE 1988

— Cela fait combien de temps que vous êtes TUC chez nous ?

Christian ne parvient pas à desserrer les dents.
La réponse fuse, brève, entre ses lèvres.
— Un an.
L'homme se lève et se tourne vers la fenêtre.
— Votre travail nous donne toute satisfaction.
Malheureusement notre société ne peut alourdir ses
effectifs actuellement. J'espère de tout cœur…
Le plus difficile est dit. Il relève la tête après
s'être composé un air de circonstance. Christian a
déjà saisi le cutter qui traînait sur le bureau et le lui
plante dans la gorge. Le sang gicle sur les murs, les
mains… L'homme s'effondre sans un cri, dans un
gargouillement indécent. Christian s'ouvre les vei-
nes, à l'intérieur des coudes, pour ne pas en ré-
chapper.

*Je ne rêve pas, mes chers compatriotes, d'une
société idéale.*

Didier Daeninckx
François Mitterrand

Je m'assis au bord de l'eau, les jambes ballantes, et posai mon sandwich à peine entamé sur les pierres inégales. Une mouette passa en planant comme alertée de mon manque d'appétit, et je suivis son reflet rapide sur le miroir immobile. Le pain émietté que je lançai à la surface l'attira. J'observai un moment le repas silencieux de l'oiseau. Puis, je me levai et traversai la grande écluse, une sorte de long pont couvert, jeté entre les rives de l'Ill. Le couloir, sombre, était rythmé de cellules aux lourdes grilles emprisonnant les statues blessées de la cathédrale, comme cet ange ailé à tête de vache hilare. J'achetai le journal à un ambulant adossé à la tour-pissotière du Quartier-Blanc. L'incendie ne faisait pas la une, juste deux petites colonnes en page 6 : « Incendie rue de l'Arc-en-Ciel, un mort. » L'identité de la victime ne figurait pas dans le compte rendu. Le rédacteur anonyme avait poussé la discrétion jusqu'à ignorer ma présence sur place au moment du drame.

Mes sourcils grillés disaient le contraire. À bien

réfléchir, c'est lui qui était dans le vrai : je n'avais aucune raison de me trouver rue de l'Arc-en-Ciel, à Strasbourg, en cette nuit d'octobre ! En toute bonne logique j'aurais dû être en train de fignoler cet article sur le phalanstère de Godin, bien au chaud, à Paris... Mais c'était sans compter sur le vent de folie qui souffle, à intervalles réguliers, sur ce maudit canard ! Principalement le dimanche soir.

— Jean-Pierre, il faut que tu files à Strasbourg...

Le rédacteur en chef se tenait devant moi. Il avait soigné la mise en scène : col de chemise ouvert, manches relevées, cravate desserrée, l'air traqué, avec cette sueur perlée qu'authentifie l'angoisse. Je levai les yeux de ma doc sur Guise, le stylo suspendu, au milieu d'un mot.

— Qu'est-ce que tu veux que j'aille foutre à Strasbourg ?

Il accentua le tragique de son masque.

— Je suis coincé... Et pourtant on est sur un coup. Ils viennent de mettre au jour des fresques d'Arp et Van Dœsburg, dans les salons Ricard...

Je balançai mon stylo sur le bureau.

— Tu te trompes d'adresse ! Va voir Philippe ou Alain, c'est leur rubrique. Lascaux, c'est pas mon rayon !

— Tu n'es pas drôle. Ils rament sur l'inauguration de l'hôtel Salé. Tout Picasso à réviser. Je ne peux pas les freiner : leur article conditionne un bon paquet de pubs des galeries. Tu fais l'aller et retour.

En plus, une journée à Strasbourg, c'est pas la mort, la ville n'est pas mal. Et question bouffe…

Le souvenir de ses émois gustatifs lui mit les larmes aux yeux. J'acceptai.

À peine arrivé, je filai aux salons Ricard, place Kléber, et tombai sur le message de la plaque de cuivre : « Fermé le lundi. » J'étais bon pour rester une journée supplémentaire. Le service doc du journal n'avait pas été capable de me fournir la moindre photo de ces fichues fresques.

Je devais me contenter de la photocopie d'une notice biographique de Hans Arp, « peintre-dessinateur-sculpteur-poète, né en 1886 à Strasbourg », qui faisait allusion aux peintures murales de l'Aubette. D'après le document, un mécène avait, en 1926, fait appel à Arp et à Van Dœsburg, un architecte compagnon de Mondrian, pour réaliser l'architecture et l'aménagement intérieurs d'un vaste complexe de loisirs comprenant salle de cinéma, night-club, salons, bar, billards, salle d'exposition. Le résultat constituait le plus grand ensemble d'art abstrait au monde. L'Europe entière y défila de 1927 à 1939, puis l'Allemagne seule. À la Libération, plus rien ! La disparition de l'œuvre commune du peintre-sculpteur et de l'architecte fut attribuée à l'armée d'occupation dans sa lutte contre l'art dégénéré.

L'été indien épargnait la ville : les passants se réchauffaient auprès des locomotives en réduction, aux fourneaux grilleurs de marrons. Je sacrifiai au rite

et remontai la rue des Grandes-Arcades en me brû-
lant les doigts.

Le musée d'Art moderne occupait une partie des
locaux de l'ancienne douane. Je me mis à la recherche de la section consacrée à Hans Arp. En vain :
on venait de la placer en réserve pour faire place à
une exposition Duchamp ! Le conservateur me tendit un dépliant.

— Désolé mais on ne la remet en place qu'en
janvier prochain. Allez donc voir à la Galerie alsacienne, l'adresse est sur ce prospectus, ils possèdent
également quelques documents sur l'Aubette.

Je retournai vers la place du Château par les rues
piétonnières en finissant mes marrons. La cathédrale
se hérissait de tubulures métalliques sur lesquelles
s'affairaient des silhouettes d'ouvriers. De place en
place, la façade retrouvait le rose de ses origines.

Le recoin Arp de la Galerie alsacienne recelait
deux sculptures, quelques dessins et un plan du salon
de l'Aubette, le *Five o'clock* accompagné de photos
en noir et blanc de certaines fresques. De vastes
compositions qu'on imaginait colorées recouvraient
les parois des salles aux volumes dégagés. Les zones
peintes quittaient les murs pour gagner les sols, les
plafonds, les escaliers, les cloisons, les radiateurs,
tout concourait à l'équilibre général. J'essayai de
prendre des clichés des panneaux d'exposition, mais
sans illusions sur le résultat. Quand je revins dans
le hall, un attroupement s'était formé près du guichet. La caissière, une grosse femme à lunettes au

visage doux, posa son regard sur moi et me questionna en alsacien.

Je soulevai les épaules, l'air contrit, puis :

— Est-ce que vous avez un catalogue sur les fresques de l'Aubette ?

Je lus de la surprise sur ses traits. Une surprise désolée.

— Il y avait la plaquette sur Van Dœsburg, mais elle est épuisée. Montez à la bibliothèque, au-dessus, ils pourront au moins vous la faire voir.

La bibliothécaire accusait trente ans et trente kilos de moins que sa collègue. Une archiviste comme on les rêve, fine, blonde, aimable. Et ce fut avec un charme amollissant qu'elle m'annonça :

— Le fonds est en cours d'informatisation. Les dix dernières années d'acquisition sont dans des cartons. Il y a près de 50 000 volumes en vrac. Vous êtes de Paris ?

Je fis signe que oui.

— Vous n'aurez aucun mal à trouver ce catalogue à la Bibliothèque nationale.

Elle mouilla ses lèvres de la pointe de la langue ; j'avalai son conseil sans broncher. Sa voix m'arrêta sur le seuil.

— J'essaierai de regarder s'il y a quelque chose de disponible. Passez un coup de fil demain matin. Demandez-moi, je m'appelle Annie.

Quand je sortis, on s'apprêtait à fermer le musée. La nuit tombait. Des brumes effilochées montaient de l'Ill, enveloppant les piles du pont Sainte-Madeleine. Je m'engouffrai dans une brasserie, près de la place Gutenberg et, bloqué devant une chope de Grüber, je tentai de réfléchir à ma journée perdue. Peu après 20 heures, quatre stagiaires du Centre régional de perfectionnement, des employés de la BNP, comme me l'apprit leur conversation, s'installèrent à ma table. Ils se firent servir de la tête de veau et ingurgitèrent leur gélatine en lorgnant ma choucroute. Les néons de l'UGC interrompirent mon retour vers l'hôtel. Le corps offert de Rampling et la caresse cravatée de Serrault... Mais le film ne tenait pas les perverses promesses de l'affiche.

La sortie du cinéma se faisait par l'arrière du bâtiment et je me perdis dans un dédale de rues qui m'étaient toutes inconnues. Les rares passants que je croisais hâtaient le pas, engoncés dans leurs vêtements de demi-saison, aussi fermés que des maisons. Je décidai de filer droit devant jusqu'à l'eau, limite de la vieille ville, mais bientôt la balade, comme une remontée dans le temps, n'eut plus besoin d'objet. La ligne d'itinéraire se brisa sur une enseigne, une plaque de rue, un nom évocateur... Le hasard des enchaînements me conduisit rue de l'Arc-en-Ciel, que je descendis au sortir de la rue des Pucelles. C'était une voie étroite, courbe, alternant les époques. Une résidence récente occupait l'angle, sur laquelle s'adossait une vieille bâtisse décrépie aux volets écaillés. Un minuscule jardin en friche précédait un escalier à la rambarde rouillée. Je ne savais pourquoi cette maison captait mon attention. La tristesse qui

s'en dégageait ? Ce sentiment d'abandon ? Un mouvement que je crus percevoir derrière les rideaux de
l'étage ? Toujours est-il que je m'abritai sous un
porche voisin, dans l'ombre des pierres. Je demeu-
rai là un quart d'heure, les yeux fixés sur la façade
grise tandis que le froid m'envahissait. Soudain, la
porte du perron s'entrouvrit. Plusieurs minutes
s'écoulèrent sans que rien d'autre ne se produise. Je
m'apprêtais à quitter mon abri quand la porte joua
à nouveau. La silhouette cassée d'un vieil homme
aux aguets apparut. Il descendit l'escalier, étouffant
le bruit de ses pas et traversa le jardinet. Il fit quelques mètres sur le trottoir puis s'arrêta devant le
rideau baissé d'un restaurant. Je le vis plonger les
bras dans les poubelles, sa tête comme un périscope
affolé au-dessus des immondices. Il regagna son
antre en trottinant, serrant contre sa poitrine quelques
restes indéfinissables. La porte se referma en silence.
La scène n'avait pas excédé la minute, et j'étais prêt
à penser l'avoir rêvée si un pilon de poulet auquel
adhérait encore un peu de chair n'avait craqué
sous ma chaussure quand je dépassai cette étrange
demeure.

Les salons Ricard ouvraient au public à 10 heures. Une jeune Indienne au front tatoué passait l'aspirateur sur la moquette de l'escalier. Au premier,
derrière le bar, un type d'une trentaine d'années, petit, les épaules étroites, s'occupait à classer les verres
par tailles. Les murs recouverts d'une toile de jute
crème accueillaient une exposition d'œuvres d'ar-

tistes locaux : tableaux de feuilles, métal repoussé, broderies... Je m'accoudai au bar.

— On ne sert rien à cette heure-là. Pas avant 11 heures.

— Je ne suis pas venu pour boire... Je fais un reportage sur les fresques de l'Aubette. Vous savez où elles se trouvent ?

Il pointa un doigt vers le fond de la salle où pendaient une série de tapisseries aux harmonies criardes.

— Il y en a là, c'est sûr, et dans tout le reste de la pièce !

J'écarquillai les yeux.

— Vous n'allez pas me dire que ce sont ces merdes qui m'ont fait courir jusqu'ici ?

— C'est pas terrible, c'est ce que je pense aussi. Les fresques sont derrière la toile de jute : on a fait des sondages dans ce coin, pour des travaux d'électricité, et les ouvriers sont tombés sur les fresques. Il y a une cloison qui les protège.

Je m'approchai du mur et soulevai une tapisserie. Un raccord grossier dans la toile signalait l'emplacement du sondage.

— Si je comprends bien, les Allemands n'ont pas été aussi barbares qu'on le prétend. Ils se sont contentés de planquer les peintures.

Le barman me rejoignit.

— Même pas ! Ils n'y sont pour rien : quand ils sont arrivés en 1940, le travail de Hans Arp était déjà invisible. Les propriétaires de l'Aubette avaient revendu leur affaire en 1938 et leurs successeurs n'appréciaient pas trop l'art moderne. Ce sont eux qui ont fait poser les doubles cloisons.

Le patriote qui sommeillait en lui fut quitte quand il ajouta :

— C'est sûrement ce qui les a sauvées, ces fresques : je suis certain que s'ils les avaient vues, les Allemands n'en auraient rien laissé !

Il retourna derrière son bar et reprit ses alignements de vaisselle.

— Je peux jeter un coup d'œil derrière la toile ? Juste pour me faire une idée ?

— Impossible, tout est rebouché. On attend une équipe du ministère de la Culture. À tout hasard, faites un tour à côté, chez Flunch, ils ont hérité d'une partie des salles et des sous-sols. C'était là qu'étaient les boîtes de nuit.

La jeune Indienne rembobinait ses rallonges quand je quittai les salons Ricard. Le restaurant Flunch occupait l'ensemble du rez-de-chaussée de l'aile droite de l'Aubette. Au guichet, la serveuse débitait ses plateaux de petits déjeuners. Je lui exposai ma demande, hachurée par les commandes de crèmes, de chocolats, d'express. Elle appela « quelqu'un de la direction » qui me pilota à travers des salles de stockage, des recoins humides, des réserves à poubelles. Ce « quelqu'un » stoppa entre deux piliers noircis.

— Voilà, c'est au fond, sur le mur.

— Il y a de la lumière ?

Son index appuya à plusieurs reprises sur un interrupteur déglingué.

— Non. En plus, ça doit venir du circuit.

Je me décidai à traverser la pièce au sol encombré de pierres, de morceaux de bois, de papiers, à la lueur d'un briquet. La « fresque » se résumait à un demi-mètre carré de papier d'emballage collé à même la paroi sur lequel un décorateur d'inspiration régionale avait dessiné quelques personnages traditionnels. C'était là l'idée qu'on se faisait, chez Flunch, du travail de Hans Arp !

— Vous avez trouvé ?

Je me contentai de hocher la tête. Un cuisinier nous croisa sur le chemin du retour.

— C'est pour les fresques ?

— Oui, pourquoi ?

Il haussa les épaules.

— Il n'y a plus rien ici. Tout a brûlé il y a au moins vingt ans !

Il me restait encore à fouiller les fichiers des bibliothèques. Je fis une halte à la Fringale, un fast-food aux productions adaptées à la gastronomie alsacienne, et commandai un beignet. La proposition de la fille de la galerie me revint en mémoire. Je me bloquai dans une cabine de la place Kléber pour composer le numéro du musée.

— Pourriez-vous me passer Annie ?

J'eus droit à quelques mesures de Mozart, interrompues par la voix de l'archiviste.

— Oui ?

— Je suis venu hier, à propos des peintures de l'Aubette…

— Vous avez de la chance, j'ai trouvé des documents qui devraient vous intéresser.

Je l'entendis remuer ses papiers, ouvrir un tiroir.

— … Voilà, le décor a été reconstitué en 1955, à la cité universitaire de Caracas, au Venezuela. J'ai un dossier avec des photos. Ça vous va ?

Je lui promis de faire un tour dans l'après-midi avant de raccrocher, vaguement déçu. Je commençais à me lasser sérieusement de ces fresques invisibles dont tout le monde, ici, semblait se foutre.

Mon hôtel se trouvait à deux pas, rue du 22-Novembre ; je fus tenté d'y passer prendre mes affaires pour rejoindre Paris. Je ne sais lequel des prétextes me retint : ce rendez-vous avec la blonde du musée ou cette vision furtive de la nuit précédente.

La plongée dans les rayonnages municipaux m'apprit peu de chose : le nom des mécènes de l'Aubette, les frères Horn. Un couple entreprenant dont Strasbourg portait déjà la marque. C'était eux qui avaient fait percer la rue qui abritait mon sommeil provisoire. Ils lui donnèrent le nom de 22-Novembre pour commémorer l'effondrement du Soviet de Strasbourg, en 1918, à l'arrivée des régiments bretons !

Je bus une bière dans un café étudiant. L'alcool produisit lentement son effet ; pour dissiper l'engourdissement qui gagnait mes muscles, je me mis à marcher au hasard des rues. Je ne fus pas surpris, un moment, de reconnaître les façades de la rue des Juifs. Je bifurquai à droite, vers la place Saint-Étienne, et récupérai la rue de l'Arc-en-Ciel. Quelques passants se pressaient vers les restaurants groupés plus haut, avant le carrefour. La maison abandonnée conservait le même aspect sinistre et touchant à la fois. Je remarquai, en m'approchant, l'éventail net que faisait la porte mal ajustée en raclant la poussière du perron.

Un couple sortit de la résidence voisine. La femme portait un minuscule chien sous son bras. La tête de l'animal se perdait dans la fourrure du manteau. Je les abordai en désignant la bâtisse grisâtre.

— Pardon, pouvez-vous me dire qui habite ici ?

L'homme marqua le pas. Il leva la tête sur la façade.

— Pas grand monde, en tout cas. Nous venons d'emménager. Demandez plutôt au café qui fait l'angle : ils vivent dans le quartier depuis toujours !

Il y avait du poussin rôti au menu. Je m'attablai et mangeai, guettant le moment favorable pour provoquer les confidences du patron. L'occasion se présenta, comme d'habitude, quand il vint se pencher au-dessus de ma table pour établir l'addition.

— Vous habitez depuis longtemps dans le coin, à ce qu'on dit ?

— Ceux qui racontent ça ne valent peut-être pas grand-chose, mais ce ne sont pas des menteurs : je suis né dans cette maison il y a cinquante-cinq ans et je ne l'ai jamais quittée ! Ça vous fait soixante-trois francs avec le café.

Il me tendit la note.

— Vous devez connaître le grand-père qui dort dans la maison grise, plus haut.

Il fronça les sourcils et agita la tête.

— Vous parlez de la baraque à moitié en ruine ?

J'approuvai en silence.

— Il n'y a jamais eu de grand-père là-dedans ! C'est vide depuis six mois que la mère Kagen a cassé sa pipe…

— Vous êtes sûr ?

— Autant qu'on peut l'être ! Elle vivait seule depuis la guerre. Une drôle de bonne femme, grincheuse, renfermée comme pas une ! Il faut dire qu'elle avait perdu son mari toute jeune. Quarante ans sans homme, les nerfs doivent en prendre un sacré coup.

Il fixa son regard sur le mien tandis que je posai un billet près de la note.

— … Qu'est-ce que vous cherchez, au juste ?

J'eus la désagréable impression qu'il me prenait tout à coup pour un chercheur d'occases, envoyé par une agence immobilière.

— Rien. J'avais cru apercevoir un vieux bonhomme qui sortait de cette maison en se cachant comme un voleur.

Il retourna près du bar préparer la monnaie. Je le suivis.

— C'est sûrement un clochard qui a dégoté la

bonne adresse. Il y en a de plus en plus dans la
ville : il faut bien qu'ils s'abritent dès que ça re-
commence à piquer !

De retour à l'hôtel, j'appelai le journal. Le rédacteur en chef se mit à m'engueuler.

— Qu'est-ce que tu fous ? Tu pourrais donner
signe de vie. J'ai besoin de ton papier demain soir.
On l'a annoncé. Tu en es où ?

— Nulle part ! Les fresques sont barricadées, les
musées ont placé les restes en réserve et la doc est
en vrac : il s'amusent à informatiser les fichiers !
Quant à la bibliothèque, on a accès aux seuls rayonnages : le magasin est en cours de réorganisation.
Sinon, j'ai une piste sérieuse pour un remake de
l'aménagement à Caracas. J'ai le feu vert ?

— Si tu as des économies, je ne te retiens pas !
Mais avant, fais un crochet par le canard pour livrer
vingt feuillets. D'accord ?

Je m'allongeai sur le lit, un bloc dans la main, et
attaquai mon article : « Un chef-d'œuvre de l'art
moderne ». Un titre bateau que je rayai pour oser
« La chapelle Sixtine de l'art moderne ». Qui finit
également sous les ratures. Quand la nuit se mit à
tomber, je n'avais rien biffé d'autre. Ni rien écrit de
plus. Je venais simplement de louper mon rendez-
vous avec la jeune blonde de la Galerie alsacienne !

Je me fis livrer un repas dans la chambre et
l'avalai mécaniquement en regardant un programme
allemand à la télé. Dehors, les brumes de l'Ill enva-
hissaient peu à peu les rues, obscurcissant les sil-

houettes. J'attendis qu'il soit onze heures et demie pour sortir. Je traversai la ville sans me hâter. La maison grise produisit en moi la même impression de désolation mêlée de nostalgie que la veille. Je repris mon poste d'observation dans l'encoignure d'un porche. Je ne discernai pas le moindre mouvement pendant la première heure que je passai, immobile, à détailler dans mon corps les progrès de l'engourdissement. Je faillis m'endormir mais le raclement saccadé de la porte sur le ciment mit mes sens en éveil. Le vieillard se tenait sur le seuil, les jambes fléchies, les bras pliés, le dos voûté. Sa tête balaya le champ visuel, puis il fila vers les poubelles du restaurant. Je profitai de sa course pour traverser la rue, grimper les marches du perron. Je tirai la porte et pénétrai dans une salle sombre où flottait une forte odeur de matières en décomposition.

Je m'apprêtais à avancer quand la porte se referma. Je me retournai brusquement. Le vieillard me faisait face : une peur identique à celle qui faisait battre ma poitrine se lisait sur son visage. Il demeura figé quelques secondes et s'élança vers l'escalier situé à gauche de la pièce en hurlant.

— Non, vous ne m'aurez pas. Jamais… Jamais…

Je me ruai à sa poursuite. Les marches de l'escalier étaient jonchées d'ordures, d'excréments sur lesquels mes pieds glissaient. Je l'entendis s'agiter dans les pièces du dessus en vociférant.

— Je ne vous veux pas de mal… Je viens en ami.

J'étais parvenu sur le palier. Un long couloir sur

lequel donnaient quatre portes aboutissait à un second escalier, plus étroit, qui menait au grenier. Je
ramassai un journal, le débarrassai des immondices
qui y adhéraient et le roulai en torche. Le papier,
humide, s'alluma difficilement en lançant de courtes
flammes bleues et vertes. Je progressai vers l'accès
du grenier tenant mon flambeau de fortune à hauteur
de mes yeux. Alors que je passais devant la quatrième porte, le forcené surgit derrière moi. Les ombres mouvantes que dessinait le frémissement des
flammes le rendaient hideux. Fasciné par l'éclat de
son regard, je ne remarquai pas la baïonnette qu'il
tenait à deux mains. Il se mit à crier, un hurlement
sans signification, en chargeant, son arme pointée
sur ma poitrine. Je l'évitai de justesse mais le choc
de son épaule me fit lâcher ma torche. Il revenait
déjà à l'assaut. Je dévalai l'escalier pour lui échapper et me retrouvai sur le trottoir, hors d'haleine.
Le vieux ne m'avait pas suivi. Je repris mon souffle, appuyé à la façade de la résidence. Un passant
m'interpella.

— Hé, il y a le feu là-haut !

Je levai la tête. Les fenêtres du premier étage ren-
voyaient des lueurs rougeâtres et la fumée se frayait
un chemin entre les tuiles.

— Appelez vite les pompiers. Il y a du monde
dans cette maison !

Je m'élançai vers la bâtisse et rentrai à nouveau
dans la salle du bas. Le feu avait avalé l'odeur putride. Je me dirigeai vers l'escalier. Les dernières

marches étaient déjà la proie des flammes. La chaleur dégagée par le brasier m'obligea à reculer. Les pompiers parvinrent à maîtriser l'incendie avant qu'il ne gagne le rez-de-chaussée. Ils retrouvèrent le cadavre calciné du vieillard dont les mains de cendres durcies emprisonnaient le manche d'une baïonnette. Grâce aux papiers conservés dans les meubles de la salle à manger, les policiers établirent qu'il s'agissait très certainement du corps de Roger Kagen, mari de la fausse veuve décédée six mois plus tôt. Comme 132 000 Alsaciens, il avait été enrôlé de force dans la Wehrmacht, en 1942. Comme des milliers d'entre eux, on l'avait affecté à un régiment SS. Quelques dizaines s'étaient trouvés dans la division Das Reich et le destin de Roger Kagen s'était scellé à Oradour-sur-Glane, le 10 juin 1944, devant une église en flammes.

Depuis son retour clandestin, quarante ans plus tôt, il avait vécu en reclus dans sa maison de la rue de l'Arc-en-Ciel, au cœur de Strasbourg ; seule la mort de sa compagne l'avait obligé à retourner dans le monde des vivants.

Le journaliste de *L'Alsace libérée* affecté aux faits divers attendit que le gars de l'antenne de secours ait fini d'examiner mes brûlures. Il m'entraîna à part.

— On m'a dit que vous étiez un journaliste parisien. Il fit un signe de tête vers la maison fumante. C'est pas très joli tout ça… Et ici on ne pense pas vraiment qu'il fallait remuer toute cette merde une fois de plus…

Je frottai mes sourcils pour me débarrasser des poils roussis. Je me sentais très vieux.

— Vous faites ce que vous voulez. C'est votre territoire ! Ça va peut-être vous surprendre, mais je suis ici pour l'Aubette. Et rien que pour ça.

Il écarquilla les yeux, doutant vraisemblablement de l'intégrité de mes facultés.

Je repliai le journal, jetai un dernier coup d'œil aux mouettes qui volaient au-dessus de la Petite-France et rejoignis la gare. Dans le train qui m'emmenait vers Paris, je ressortis mon bloc et je relus, sous les ratures, mes essais de titres.

Soudain, j'arrachai la feuille, puis, de ma plus belle écriture, je traçai les lettres du titre idéal : « Le fantôme de l'Arc-en-Ciel ».

Les révolutions
dans la Révolution

Igor venait de Tbilissi où il avait joué en équipe première, au milieu des années soixante. Il aimait chanter sous son casque et l'alcool lui manquait. La photo de sa femme et de ses gosses, plastifiée, était collée au-dessus de sa couchette. Ce fut lui qui mourut le premier. Tout au long de son agonie, Vladimir se tint prostré dans le coin opposé. Il ne réussissait pas à se faire à l'idée d'avoir à vivre avec un cadavre jusqu'à ce qu'ils aient trouvé le moyen de nous faire redescendre.

De temps en temps le corps d'Igor montait au plafond. Vladimir se roulait en boule et poussait des hurlements quand la baudruche le frôlait. J'essayai de lui donner des calmants mais il fit voler le tube que je lui tendais. J'arrimai du mieux que je pus le cadavre aux poignées du sas et la ronde infernale se poursuivit à raison d'une révolution chaque heure et demie.

Au matin du 12 avril, je fus le seul à battre le record de vol en orbite : 225 jours ! Vladimir s'était pendu au cours de la nuit précédente et il flottait au bout de sa ceinture quand je m'étais réveillé. Je l'attachai près d'Igor dont le scaphandre gonflait sous l'effet des gaz.

Tous les appareils fonctionnaient normalement dans le vaisseau, à part les différents systèmes de contact avec la Terre. Impossible d'émettre le moindre signal, la moindre image. Il me restait assez de vivres, d'eau, pour tenir une année entière et je ne rationnais que l'air des bouteilles des scaphandriers autonomes, un air qui me permettait d'échapper, dix minutes par jour, à l'intolérable odeur de décomposition qui emplissait l'habitacle.

J'inscrivais les jours un à un, au feutre, sur la paroi près du hublot.

Le 14 mai, au cours de ma 4112ᵉ révolution, l'ordinateur central se remit en marche. J'enclenchai aussitôt le processus d'atterrissage automatique. Je sentis que le vaisseau obéissait au programme électronique. Je me mis à hurler comme un loup blessé et me jetai en pleurant sur les dépouilles de mes deux compagnons.

Les parachutes s'ouvrirent au moment prévu et le Soyouz se planta dans les sables de Karakumy. Déjà des hélicoptères tournoyaient dans le ciel. On tira la porte du sas. Les cadavres putréfiés s'affaissèrent comme des pantins désarticulés. Un toubib, le visage dissimulé par un masque à gaz, vint me chercher au fond de mon antre. On me plaça sur une civière puis, de là, sous un arbre. Une équipe de télé installait ses caméras tandis qu'un médecin m'auscultait. Le reporter baissa son micro près de mes lèvres et je rassemblai tout ce qu'il me restait de force pour crier : « Vive Staljnev ! », provoquant dans tout mon comité d'accueil plus de stupeur encore que n'en avait causé la mort d'Igor aux yeux de Vladimir.

Le lendemain l'annonce de mon retour sur terre occupa trois lignes en page douze de la *Pravda* qui consacrait sa une au premier grand discours de destaljnévisation du tout nouveau secrétaire général, Michni Gorbapov.

L'homme-tronc

Il sortit du porche qui faisait pratiquement face au Caveau de la Huchette. Des photos de Memphis Slim gondolaient derrière les vitres des présentoirs. La rue n'allait pas mieux : elle se tordait en tous sens comme un serpent à l'attaque.

Le soleil l'obligea à fermer les yeux. Il dut s'appuyer au mur pour ne pas tomber. Ça chavirait tout autant à l'intérieur... Il respira lentement, profondément. Son cœur s'apaisa et l'écœurement qui lui pesait sur l'estomac s'estompa un peu. Il se remit en marche, la tête baissée, les épaules voûtées, jusqu'à la rue Saint-Jacques, puis il tourna à droite pour rejoindre la Taverne. Il s'apprêtait à traverser quand un type lui posa la main sur l'épaule.

— Où tu vas le clodo ?

La voix n'était pas amicale. Il leva les yeux. Un flic casqué, le regard cerné par des lunettes de protection, lui faisait face.

— Je vais boire un coup... C'est interdit ?

L'autre le repoussa violemment en arrière. Il

chancela et tomba lourdement sur le trottoir. Les
passants l'évitèrent en silence. Au lieu de se relever,
s'aidant des mains et des talons, il glissa jusqu'au
mur auquel il s'adossa. Les flics s'étaient déployés
tout le long de la rue et bloquaient également le
pont d'accès à l'île de la Cité. La terrasse de la
Taverne était déserte, hantée par les silhouettes des
serveurs désœuvrés. Une rumeur enfla, plus haut,
vers la Sorbonne. Une masse sombre se forma au
milieu de la chaussée. Les policiers se regroupèrent
et un gradé lança l'ordre de l'attaque. Il attendit
qu'ils aient dépassé le carrefour du boulevard Saint-
Germain pour se relever et trottiner vers la Taverne.
Il s'installa dans la salle du fond, près du juke-box,
à l'une des tables que servait Jean-Mi. Le garçon
s'approcha. Il essuya la table, machinalement.

— Qu'est-ce que tu veux ? C'est vraiment pas le
moment…

Il emprisonna sous la sienne la main qui agitait
la serpillière. Ses lèvres bougèrent à peine.

— Le moment, c'est moi qui en décide !
Jean-Mi tenta de se dégager.

— Lâche-moi… Tu vois bien que c'est bourré de
flics… Ça craint sérieusement…

— J'en ai absolument besoin… J'ai le fric sur
moi. Apporte un café. On se rejoint aux chiottes,
comme d'habitude.

Il but son café, tandis que la salle se remplissait
d'étudiants, de passants inquiets qui fuyaient les in-
cidents. Il vit Jean-Mi poser son plateau derrière le

bar et il se leva. Un type gueulait dans le taxiphone bloqué sous l'escalier. Le serveur se colla à la faïence, se débraguetta. Lui fit semblant de se laver les mains, regardant le serveur dans la glace.

— Alors, Jean-Mi, on fait des manières ?

— D'où tu sors Alain ? Depuis une semaine le quartier est en état de siège... Il y a plus de flics entre Saint-Michel et Odéon que de touristes au pied de la tour Eiffel ! Plus personne n'a rien, c'est trop risqué...

Alain ouvrit son vieux manteau d'hiver, fouilla dans la doublure déchirée et tira une poche en papier marron avec des fruits imprimés en vert.

— Vingt sacs... Tu vas pas cracher dessus !

Jean-Mi écrasa de la paume le bouton chromé de la pissotière. Il haussa les épaules tandis que l'eau gargouillait.

— Même si tu en trouves, faudra mettre au bout : j'ai entendu dire qu'on ne vendait pas à moins de quatre cents balles la dose... Et c'était hier...

Ce soir-là, quand les crampes se firent trop précises, Alain essaya de les amadouer au cognac. Il avait trouvé refuge depuis près de quinze jours sur le plateau Beaubourg, dans un ancien hôtel de passe récupéré par les clodos de Saint-Merri. La piaule donnait sur l'immense place défoncée qui servait de parking aux commerçants qui venaient s'approvisionner aux Halles. Avant de s'abrutir, il planqua ses derniers billets dans son slip. L'alcool vint à bout de ses nerfs au petit matin. Le lendemain, en fin de journée, il obtint le téléphone d'un dealer qui soldait de la dope dans le secteur du Luxembourg. Il remonta le boulevard Saint-Michel, marchant au milieu de la chaussée, entre les tas de pavés arrachés, les arbres abattus et les carcasses calcinées de voitures. Le fourgue mangeait un hamburger seul à la table la plus proche de l'entrée du Wimpy. Alain vint s'asseoir à sa gauche, comme prévu. Il agita la salière posée devant lui.

— Tu as l'assaisonnement ?

Le gars ramassa une rondelle d'oignon qui venait de tomber sur le formica.

— Éclaire d'abord... Je largue pas à moins de trois cent cinquante... Après, si tout est en ordre, on ira chercher la marchandise.

Alain fit claquer la salière sur la table.

— T'es malade ou quoi ? C'est de l'arnaque...

— Si tu as envie, vraiment envie, tu y mettras le prix ! Je suis un des seuls à en avoir encore un peu... Dépêche-toi !

Le dimanche 12 mai 1968 fut l'un des jours les plus pénibles de sa vie. Il le passa dans le gourbi de la rue Saint-Martin à s'engourdir l'esprit à l'alcool et au Valium. Il émergea le lundi après-midi et battit la semelle autour de la Taverne et du Wimpy sans rencontrer personne. Il était sur le pont Saint-Michel quand la tête de la manifestation venue de République noircit le boulevard du Palais. Une voiture-sono prit position à hauteur de la Sainte-Chapelle et

le conducteur attendit le premier rang des manifestants pour brancher les haut-parleurs.

« En hommage à nos camarades qui se sont fait
descendre sur les barricades, nous vous demandons
de défiler sans bruit sur le boulevard Saint-Michel. »

Les vagues silencieuses se succédèrent pendant
des heures, envahissant le quartier Latin. Alain les
regardait passer sans trop comprendre. Soudain, une
fille aux cheveux bouclés se planta devant lui et lui
sourit. Il la fixa, incrédule. Il entendit seulement
alors le bruit des pièces. Son regard s'abaissa sur le
tronc qu'elle secouait au bout de son bras. Il lut le
papier collé sur la boîte cylindrique :

« Pour les victimes des violences policières. »

Il plongea la main dans sa poche, reconnut sous
son ongle le bord dentelé d'une pièce de un franc
qu'il glissa dans la fente. La jeune fille le remercia
et sollicita un à un tous les badauds. Chacun y allait
de sa pièce. Il en vit même certains qui n'hésitaient
pas à enfourner un billet dans la boîte…

Le mardi matin, Alain consacra ses ultimes ressources à l'achat d'un tronc qu'un vendeur obsé-
quieux emballa comme s'il s'agissait du cadeau
d'un pauvre à son curé. Le routard hollandais qui
s'était imposé dans sa chambre la nuit précédente
avait repris la route et Alain calligraphia son message avec soin :

« Aidez les étudiants blessés. »

Le 15 mai au matin il ratissa les alentours de la
Sorbonne occupée sans rencontrer le succès espéré.

Les rares passants généreux abandonnaient leur pièce à regret, souvent soupçonneux. Il n'y eut pas un seul billet. À midi, Alain se présentait à l'Armée du Salut, rue de Rome. Après la douche et le coiffeur, une femme en uniforme l'accompagna jusqu'au bas du minuscule escalier de pierre. Elle le fit entrer dans un vestiaire qui puait la naphtaline et lui chargea les bras de vêtements pliés au carré. Il hérita d'un jean et d'un chandail qui le rajeunit de dix ans... L'après-midi, sur le Boulmich, il faisait un tabac... Pendant les deux semaines qui suivirent, on le voyait partout. Il était avec les piquets de grève des gares occupées, près des bouches de métro, dans les queues des stations-service à sec... Il recevait partout le même accueil enthousiaste. Il ne sortait jamais plus sans son tronc, emballé dans un sac plastique, qu'il exhibait à la première manif rencontrée, au premier attroupement. Le soir, dans la piaule dévastée de l'ancien claque, il bloquait les pièces par dix ou vingt suivant la couleur, les roulait dans des bandes de papier découpées dans *Le Parisien libéré*.

Il fit un de ses meilleurs scores le 18 mai quand les étudiants descendirent en cortège sur Billancourt. Par contre Charléty fut un bide, de son point de vue.

Le fourgue du Wimpy n'acceptait pas la monnaie. Il lui fallait courir à travers tout Paris pour dénicher un guichet de banque sur lequel ne flottait pas le drapeau rouge... À la fin du mois, après la manifestation CGT Bastille-Saint-Lazare qui lui avait rapporté sept cent cinquante-huit francs, il prit un verre à la terrasse de la Taverne. Jean-Mi vint le saluer.

— Tu cherches toujours ?

Alain baissa les paupières pour signifier sa réponse. Le barman poursuivit :

— Tu vois le type là-bas...

Il fit un mouvement imperceptible en direction d'un gars qui buvait une bière, une sorte de clown aux sourcils proéminents, aux cheveux noirs très fournis qui tombaient jusqu'aux épaules et à la moustache teinte en vert foncé.

— Lequel ? Médrano ?

— Te fie pas à la frime... Il a un plan pour un truc de première... du LSD. Il paraît que si tu connais pas ça, tu ne connais rien ! Je te présente ?

La minute d'après, Alain avait décroché un rendez-vous avec le fournisseur exclusif du moustachu, une adresse dans le huitième arrondissement, avenue Georges-V. Il lui suffisait de se présenter de la part de Mandala. Il s'y rendit le dernier vendredi de mai. Le tronc dans son sac, comme d'habitude. Il allait s'engager dans l'avenue quand une immense clameur l'immobilisa. Une manifestation remontait les Champs sur toute leur largeur. Il n'en avait jamais vu de plus imposante... Il saisit le tronc et s'élança vers le cortège en psalmodiant :

« Aidez les étudiants blessés,
Aidez les étudiants blessés. »

Le premier carré des manifestants s'ouvrit et se

referma aussitôt sur lui. Un para en treillis, béret rouge incliné sur l'oreille, la poitrine bardée de médailles le toisa. Alain aperçut une petite pancarte imprimée qui se baladait au-dessus des têtes : « Amicale des Anciens de Diên Biên Phu ». Ses yeux accrochèrent la lueur froide d'une baïonnette. Une injection d'acier mortel… Son dernier cri fut couvert par le million des voix de la France enfin retrouvée :

> « Renault au boulot,
> Les cocos à Moscou…
> Renault au boulot,
> Les cocos à Moscou. »

La carte imaginaire

Peter Tunner agaçait prodigieusement Michel Laroche, avec sa manière de survoler les événements sans jamais prendre le moindre coup, avec ses succès faciles auprès des femmes, son effrayante capacité d'oubli. En vérité il ne se passait pas un jour sans que Michel Laroche ait envie de le tuer, de saboter sa ridicule Corona Tigger, de lui faire choper le sida en le plaçant entre les mains d'une vamp infectée, de remplacer son scotch Goldenfish par de l'huile de ricin, de le pousser dans un marigot grouillant de crocodiles, de lui transpercer la carcasse à coups de balles dum-dum. Il ferma les yeux pour chasser l'idée qui le tenaillait depuis des mois et observa l'agent secret dont la voiture venait de se ranger sur un parking, en lisière de forêt.

Les routes menant à Worband étaient toutes surveillées, de même que la gare, l'aéroclub. Peter Tunner observa la carte posée sur le capot de sa Corona Tigger et son doigt courut le long d'une fine ligne bleue. Il se tourna vers Joan qui, le visage renversé

en arrière, ses longs cheveux roux tombant en cas-
cade sur ses reins, s'étirait au soleil naissant.

— *Je crois que j'ai trouvé un moyen de nous en*
sortir.

Elle s'approcha tout près de lui, passa ses bras
autour de son cou et lui mordilla le lobe de l'oreille.

— *Tu es formidable chéri. Qu'est-ce qu'on va*
faire ? Foncer dans le tas ?

Il se dégagea de l'étreinte, troublé par le contraste
existant entre la douceur des caresses de Joan et sa
brusque détermination. Il lui montra la carte.

— *Ils ont repéré la voiture et nous attendent,*
planqués dans les buissons... On va les décevoir.
Tu vois ce trait... C'est une rivière, et c'est par là
que nous allons entrer dans Worhand...

Michel Laroche était prêt à lui refourguer une
barque pourrie destinée à couler au beau milieu de
la Scarpe. Il imaginait déjà Tunner hurlant à la mort
en voyant l'eau noircir ses mocassins Bérini et im-
biber son complet de chez Dior, avant de prendre
conscience qu'il n'avait jamais appris à nager...

Bouffon !

Il tira la feuille de la machine, d'un coup sec, la
posa en soupirant sur le manuscrit et avala un grand
verre de café tiède en se massant le front. Ce n'était
pas tant la rédaction des aventures de Tunner qui le
déprimait à ce point, que la résistance épuisante qu'il
opposait à son désir de liquider le pantin qui le
faisait vivre depuis maintenant dix ans. Il le laissa

en plan, avec sa carte dépliée, en plein vent, et descendit l'escalier, évitant les ouvriers qui posaient un nouveau tapis sur les marches cirées. Un flash lui montra Tunner glissant sur la protection non encore arrimée, dévalant l'étage sur les reins, entraînant le tapis et les barres cuivrées dans sa chute. Cela le mit de bonne humeur et il sortit dans la rue en sifflotant.

Il n'était que six heures et la nuit tombait déjà. Un nouveau bar, le Georgia, venait d'ouvrir ses portes, au bout de la rue. Michel Laroche se décida à y entrer en se disant que si l'ambiance ne lui convenait pas il pourrait toujours filer au Stardust où il était assuré de ne pas perdre sa soirée. La direction avait fait dans le style minimaliste, murs blancs, rares ampoules aux watts anémiés, tables en formica, chaises fil de fer… Il s'installa le dos au bar, à une place depuis laquelle il pouvait voir la totalité de la salle ainsi que la sortie. La sono diffusait une curiosité, *The duke of Earl*, de Gene Chandler. Cela le mit en confiance d'autant que Lee Dorsey prit la relève avec *Holy Cow*. Il choisit une bière finlandaise et la but lentement en observant un type qui faisait réussite sur réussite à la table située près des toilettes. L'homme avait conscience de l'intérêt qu'il suscitait et lança deux, trois sourires à l'écrivain quand leurs regards se croisèrent. Michel Laroche vit arriver une bière qu'il n'avait pas commandée. Le salut du joueur, un minuscule mouvement de tête qui semblait dire : « À la vôtre », l'informa sur la provenance de la tournée. Il se leva, son verre à la main et s'approcha.

— Merci pour ça... Vous permettez ?

Deux heures plus tard, la salle était pleine et Michel Laroche trempait les lèvres dans sa sixième bière, une islandaise cette fois. On se pressait autour d'eux pour voir les cartes flotter autour des mains du joueur, disparaître comme par enchantement, réapparaître avec la force de l'évidence, les rouges se muant en noires, les carreaux en trèfles, les rois en valets, les sept passant à l'as. L'assistance avait crié sa joie aux mystères du pont tronqué, de la suite royale, du japonais démasqué, hurlé de contentement à l'humour du hoquet crochu, de la quinte réprimée et attendait le prochain tour en retenant son souffle. Le joueur planta sa cigarette au coin de sa bouche, mordillant le filtre du bout de ses dents et glissa méticuleusement les cartes dans leur étui. Un murmure de désapprobation parcourut la petite foule des admirateurs. Michel Laroche se fit l'interprète de tous les clients du Georgia.

— Je crois que tout le monde en redemande...

Le joueur se contenta de sourire et posa le paquet de cartes à sa droite.

— Si vous me le demandez, je suis d'accord, mais dans ce cas il faut risquer un peu de votre argent. Je me doute que cela vous fait peur après que vous ayez pu constater ma dextérité. Pour rétablir l'équilibre je suis prêt à me passer de cartes :

vous en choisissez une, dans le secret de votre cerveau, et je fais mon possible pour la découvrir... D'accord ?

Michel Laroche ouvrit son portefeuille, posa un billet de deux cents francs sur la table. Quatre clients prirent le risque de parier sur lui et vinrent grossir la mise. Le joueur commanda deux bières, poussa les mille francs sur le côté puis commença à battre un jeu imaginaire. On entendait presque le frottement des cartes entre elles. Il les tendit à l'écrivain, lui demandant de couper, puis les présenta en mimant un éventail. Le barman, un gros type aux joues couperosées, servit les consommations.

— Choisissez une carte, mentalement, et dessinez-la sur le dessous de bière puis vous la remettrez à sa place, l'inscription contre la table.

Michel Laroche, emporté par la fiction, regarda le vide que serraient le pouce et l'index de sa main droite, remit la carte imaginaire dans le jeu invisible avant d'inscrire un neuf suivi du symbole carreau sur le carton. Le joueur avait pivoté vers le mur pendant ces quelques instants. Il demanda la permission de se retourner et tira les cartes de leur étui. Il les jeta une à une sur la table, jusqu'à la dernière, figure en l'air.

— C'est curieux, il en manque une... Je crois que c'est le...

Il déplaça lentement la chope de bière de Michel Laroche et fit glisser le carton, découvrant le neuf de carreau. L'écrivain ne put réprimer un cri. Il re-

tourna le dessous de bière, incrédule, comme pour
vérifier ce qu'il venait d'y inscrire. Quinze têtes se
penchèrent tandis que le joueur empochait les cinq
billets de deux cents francs. La même scène se
reproduisit trois fois avant la fermeture. Michel
Laroche était persuadé que le joueur disposait d'un
complice dans l'assistance. Il exigea que les specta-
teurs se tiennent à distance, ce qui lui fut accordé,
puis il pensa que son adversaire lisait son dessin
par un simple jeu de glaces et fit masquer le miroir
du bar à l'aide de torchons, ensuite il n'utilisa pour
écrire qu'un morceau de mine, de peur que le mouvement de l'extrémité du crayon ne décrive trop bien
son écriture. Aucune de ces précautions ne sauva le
moindre billet de deux cents francs et l'écrivain se
mit à redouter le ressentiment de ceux qui avaient
renchéri sur ses mises ! Il rentra, la vessie défor-
mée par l'ingestion d'une bonne douzaine de bières nordiques, le cerveau embrumé, et se plaça
devant l'écran de son ordinateur. Il pianota les
codes d'entrée, FINDER, CENTRAL, ROMAN N° 135.
Tunner, qui avait bizarrement pris les traits du
Joueur, barbotait au milieu de la Scarpe tandis que
Joan, emmitouflée dans son vison, observait le vol
des hérons. Il fit se dresser un casino sur la rive du
ruisseau.

Tunner dirigea le canot vers les lumières qui se
reflétaient dans l'eau. Un portier en livrée saisit la
corde qu'il lui lançait et ils abordèrent. Joan prit
une coupe de champagne sur un plateau que pro-

*menait un serveur chinois et ils se précipitèrent
vers les tables de jeu. Joan opta pour le chemin de
fer et Tunner pour la roulette...*

Il les obligea à jouer, et à perdre, une grande
partie de la nuit. Au petit matin, Joan devait près de
cinq cents millions à la banque et Tunner pas loin
du double. Il les fit se jeter dans l'eau, les repêcha,
se souvint de *On achève bien les chevaux* et contrai-
gnit Tunner à flinguer Joan avant de se faire justice.
Il rengaina le revolver, prit la corde du bateau et les
pendit à un saule pleureur... Quand huit heures son-
nèrent au clocher voisin, ses deux héros venaient de
fixer un tube d'aspirateur au tuyau d'échappement
de la Corona Tigger, de le coincer sur le circuit de
ventilation et, le moteur lancé à plein régime, ils
attendaient, renversés sur leurs sièges-couchettes,
que les gaz mortels viennent à bout de leur désespoir. La journée s'épuisa en homicides divers.
Aucun écran, aucun disque dur n'avait connu une
telle variété dans le suicide : étouffement par dégus-
tation de veste Christian Dior, électrocution par la
foudre après s'être volontairement attaché à un
paratonnerre en plein orage, bain moussant au
Destop...

À la nuit tombante, vaguement déprimé, Michel
Laroche se rendit au Georgia. Son regard se porta
immédiatement sur la place qu'occupait le Joueur.
Il se tourna vers le barman.

— Vous n'avez pas vu le type qui jouait aux cartes la nuit dernière ? Il était assis là...

Le serveur reposa le verre qu'il essuyait et leva les yeux vers lui. C'était un jeune gars au visage grêlé de taches de rousseur.

— Je n'étais pas là hier soir, j'étais malade… Le patron avait embauché un extra…

Michel Laroche s'excusa. Il commanda une bière lituanienne qu'il avala debout, au bar.

À dix rues de là, le patron de l'Indigo avait embauché un extra pour remplacer son barman qui venait de le lâcher après une engueulade relative aux pourboires. Le nouveau ne lui plaisait pas trop, un gros aux joues couperosées, mais il avait l'air de connaître son boulot. La soirée s'annonçait bien d'autant qu'un phénomène captivait les clients en sortant des cartes de leurs narines ! Les billets naviguaient entre les tables, changeaient de portefeuille mais le nombre des tournées aidait le patron de l'Indigo à fermer les yeux. Depuis un quart d'heure le joueur devinait les cartes d'un jeu imaginaire. Il avait empoché près de deux mille francs lorsque se produisit un véritable coup de théâtre : il découvrit un as de cœur sous le carton de bière du gogo qui lui faisait face alors que le type avait dessiné un as de pique ! Le joueur déboursa près de trois mille francs pour couvrir les enjeux, se leva, le visage décomposé et quitta la salle.

Il s'embusqua sous un porche pour attendre la fermeture de la boîte. À deux heures du matin, le patron grimpa dans sa Volvo et mit le cap sur une banlieue résidentielle. Le barman sortit, un quart d'heure plus tard, après avoir balayé la salle. Le joueur lui emboîta le pas et le coinça devant la vitrine d'une boulangerie qui vantait la blancheur d'une pâte au levain. L'homme sursauta.

— Qu'est-ce que tu fous… Tu m'as fait peur…

Le joueur eut un rire mauvais.

— Qu'est-ce que tu as en ce moment ? C'est la ménopause qui te travaille ? Si tu me refais un coup pareil je vais être obligé de me passer de tes services… Je te paye assez bien pour que tu fasses le boulot correctement… On chauffe les pigeons en les faisant boire trois ou quatre verres, ensuite j'en invite un à ma table… Tu t'arranges pour servir ou desservir quand le type écrit sur le dos du carton et tu vas te placer derrière le bar…

Le barman haussa les épaules.

— C'est ce que j'ai fait, c'est simple, je ne suis pas idiot !

— Oui mais c'est après que ça se gâte. Avec la main droite tu me donnes la famille : tu te grattes le nez avec un doigt, c'est pique, avec deux doigts, c'est cœur, trois doigts sur la joue c'est trèfle, quatre c'est carreau. C'est pas compliqué, un ça pique, deux c'est le couple donc le cœur, trois le trèfle, quatre le carreau. Avec la main gauche, un doigt c'est le 7, deux le 8, trois le 9, quatre le 10, cinq doigts c'est pour le valet, la main sur le cœur c'est évidemment la dame, la main sur la tête, le roi et le poing fermé, c'est l'as ! Si tu as le nez qui te démange quand il faut me dire cœur, retiens-toi… Moi je suis au

point pour sortir la bonne carte du paquet et faire
semblant de la découvrir sous le verre de bière mais
encore faut-il que tu fasses les signes qui corres-
pondent !

La semaine suivante Michel Laroche se résolut
enfin à flinguer son héros récurrent, dans le dernier
chapitre de *Tunner joue et perd*. Une fin classique,
à la Dostoïevski : la roulette russe.

Le partage des tâches

Alain Couriot était un homme trapu, aux épaules massives. Des dents proéminentes et des paupières tombantes lui conféraient l'air niais. Sa jeunesse n'avait pas été facile, mais au fil des années il avait appris à jouer de sa nature disgracieuse et l'on ne comptait plus les petits malins qui s'étaient brûlé les ailes après avoir cru, un instant, leur fortune assurée.

Son adjoint, Daniel Rico dit le Danseur, un surnom qu'il devait à sa démarche chaloupée, avait trouvé la formule juste pour le définir : « Couriot, en vitrine c'est zéro, mais il faut voir ce qu'il y a en magasin ! » Il faisait chaud, orageux. On avait maintenu les fenêtres fermées pour ne pas risquer d'être espionnés, même si le vis-à-vis le plus proche se situait à trente mètres, de l'autre côté de la rue de Rivoli et de son vacarme automobile. Couriot présidait la réunion, bloqué dans son fauteuil sombre, les bras collés aux accoudoirs. Il leva le menton en direction de Joël Asquin, une armoire chauve d'un mètre quatre-vingt-quinze, et se mit à parler, marquant une pause après chaque mot, comme s'il en épuisait la vibration dans sa bouche.

— Alors, Jo… Tu en es où avec ton histoire de machines à sous ?

Asquin se racla la gorge. Il sortit un carnet de sa poche intérieure de blouson, découvrant la crosse du 357 Magnum bloqué sous l'aisselle.

— Ce mois-ci, on approche des cinquante briques, Patron… En résultat cumulé depuis le début de l'année, nous ne sommes pas loin du milliard… J'ai formé une nouvelle équipe qui s'occupe des horodateurs du quartier de la Cité des Sciences et avec elle, on écume tout Paris. Le seul problème, ce sont les commissions : je récolte au minimum trois cents kilos de ferraille par semaine mais les deux caissiers de la Trésorerie que j'ai dans ma poche deviennent de plus en plus gourmands…

Trois autres hommes avaient pris place autour de la table près de Couriot, du Danseur et de Jo Asquin. Ils écoutaient sans intervenir, leurs yeux naviguant entre le type au rapport et le patron, guettant l'incident. Couriot posa les coudes sur la table et laissa tomber :

— Trouves-en d'autres…

Le géant s'épongea le front.

— Ce n'est pas ce que je voulais dire… Tant qu'on se limitait aux horodateurs, tout allait bien : des pièces de 10, de 5… ça s'écoule assez facilement… Plus petit, c'est la croix et la bannière. Je n'étais pas d'accord pour les sanisettes : on n'a droit qu'à des pièces de un franc et de cinquante centimes ! Personne n'en veut… Ça va finir par nous rester sur les bras !

D'un regard le Danseur sollicita l'autorisation de Couriot. Il remuait à peine les lèvres en parlant.

— Écoute Jo : le stationnement payant couvre tout Paris. Le marché est saturé et il n'est pas extensible. Les sanisettes, c'est le contraire, on a devant nous cinq à six ans d'expansion. Il faut que tu t'adaptes.

Couriot se versa un fond de scotch et fit tourner le liquide au fond de son verre, observant ses partenaires.

— Et toi, Frank, tu as enfin réussi à t'implanter dans le quartier Saint-Denis ?

Frank, François Delba pour l'état civil, dissimulait son inquiétude derrière d'énormes lunettes de myope. Il croisa les bras sur la table.

— Presque… Les Corses et les Kabyles passent à la caisse sans problème. Ils nous ristournent dix pour cent sur la gagne des filles, chambre déduite… Je rencontre surtout des difficultés avec les Pieds-Noirs : ils font bloc autour des Martinez…

L'homme assis à sa droite intervint :

— Les Martinez ? La famille qui tient la chaîne de sex-shops ?

Frank approuva et son voisin s'adressa directement à Couriot.

— Si ça peut aider, j'ai la possibilité de faire

boucler leurs commerces... Après une semaine de
manque à gagner je suis certain qu'ils se montre-
ront raisonnables...

Le patron avala son scotch d'un coup et fit claquer sa langue.

— Tu as entendu Frank ? Tu peux le remercier...
Il se tourna vers celui qui venait de parler. Je ne
savais pas que tu aimais rendre service, Torkel...
Ce n'est pas la réputation que tu traînes...

Torkel se redressa en souriant.

— Disons que j'avance masqué... Il ramena ses
cheveux en arrière. Vous voulez savoir où j'en suis ?

Le Danseur, d'un geste, l'invita à poursuivre.

— Je viens d'obtenir l'accord d'une des plus grosses boîtes d'installation d'autoradios de la région...
Ils nous prennent toute la camelote que nous avons
en stock et ils passent commande d'une centaine
d'appareils par semaine. Ils exigent du matériel haut
de gamme, stéréo, platines laser... Je peux fournir
dès l'instant où on débarrasse en priorité les bagnoles bien équipées, pas les R 5 ou les 4 L ! Et là, patron, il n'y a que vous qui puissiez arriver à
quelque chose : je n'ai aucun pouvoir sur les types
des sociétés privées qui déménagent les bagnoles...
Je peux seulement faire poser les papillons de demande d'enlèvement...

Couriot avait disposé devant lui les fiches de service de ses hôtes. Il annota celle de Torkel.

— Très bien. Je vais voir ce que je peux faire...

Il fixa longuement le dernier de ses partenaires,
un vieil homme aux cheveux blancs crantés qui fu-

mait cigarette sur cigarette, le dos rejeté contre sa chaise. Couriot prit sa fiche entre ses doigts et l'abattit sur la table.

— Tu t'occupes de trop de choses, Jean... Je t'avais demandé de passer la main... Spécialise-toi dans les HLM, les Pompes Funèbres, les cantines... Je te laisse le choix. Pas tout en même temps, c'est trop voyant !

Jean Quillane écrasa son mégot avec application et expira la fumée vers le plafond.

— Tu m'as convoqué pour m'engueuler ou pour entendre mon rapport ?

Le visage du Danseur s'agrémenta d'un sourire.

— On ne te fait pas de reproches, Jeannot... Tout le monde reconnaît tes mérites : ce n'était pas facile de regrouper l'essentiel du marché des obsèques sur la Grenobloise et de les faire cracher au bassinet... Seul un homme de ta trempe pouvait réussir... Mais tu es moins à l'aise avec les HLM. Ton idée de faire payer un droit d'entrée aux locataires, en théorie, c'était impeccable... Malheureusement ton maire adjoint s'est fait poisser sur dénonciation et c'est tout juste s'il n'a pas lâché le morceau ! Si le commissaire Cartier n'avait pas été là, c'était noté sur le procès-verbal...

Jean Quillane alluma une nouvelle cigarette puis se frotta les yeux, du bout des doigts.

— Si c'est ce que vous souhaitez, j'abandonne les HLM... Il sortit un calepin de sa poche et le lança vers le patron. Le carnet glissa jusqu'à lui, dispersant les fiches. Toutes les adresses sont là-dedans...

Couriot s'apprêtait à le ramasser quand la porte de la salle de réunion s'ouvrit. Un policier en tenue entra précipitamment et s'approcha de lui.

— Excusez-moi, monsieur, mais la voiture du maire est annoncée...

Couriot se leva, donnant le signal du départ à ses hôtes. Le commissaire Asquin ajusta sa veste tandis que le conseiller Delba se recoiffait devant la glace. Torkel, Rico et Quillane regagnèrent leurs bureaux respectifs, à l'étage des chefs de direction, au cinquième niveau de l'Hôtel de Ville. Le voyant de l'ascenseur personnel du maire se mit à clignoter. Alain Couriot attendait, en retrait. L'huissier tira la porte. Le maire posa le pied sur le parquet du couloir et son bras entoura les épaules de Couriot.

— Alors, monsieur le directeur des services, tout va bien ?

— Très bien, monsieur le maire, je vous remercie...

Ils entrèrent dans le bureau. Le maire s'installa sur la banquette du coin-salon et croisa ses longues jambes.

— J'ai décidé d'accélérer le processus de privatisation des services municipaux... J'aimerais disposer d'un document de travail précis pour la prochaine réunion du conseil municipal... Je compte sur vous.

Alain Couriot inclina la tête pour cacher sa satisfaction. Le maire y vit une marque de déférence. Il ne s'imaginait pas à quel point, en matière de privatisation, il avait affaire à un expert.

C'était la première fois, depuis vingt ans que sa femme avait disparu, que Georges Fausson se décidait à prendre des vacances. Il en avait à maintes reprises formé le projet mais il suffisait du moindre prétexte pour l'amener à renoncer. La maladie d'un des chats, l'annonce d'une vague d'attentats dans la province qu'il avait justement choisie... Une série de cartes routières et de guides aux reliures vertes témoignaient, par couples, d'autant d'abandons.

Cette fois il avait minutieusement préparé son affaire, s'inventant, de la révision de la voiture à l'achat de la valise, une multitude d'épreuves qu'il avait franchies une à une avec un soulagement renouvelé jusqu'à ce moment fatidique qui le voyait charger son bagage dans le coffre de la Citroën.

Il ferma les volets, coupa l'eau, l'électricité puis le gaz en s'aidant d'un tabouret instable. Il fit la course aux chats, alertés depuis la veille par les entorses faites aux habitudes. Il comptait s'arrêter dans un petit hôtel de campagne, au hasard de la route sans

risquer un refus causé par la présence des animaux.
Un voisin s'était proposé pour les accueillir dans
son pavillon les trois semaines que devait durer son
absence. Georges Fausson parvint à les coincer dans
la salle de bains où ils avaient trouvé refuge. Il dut
s'allonger sur le tapis aux longs poils synthétiques
roses et tendre les bras sous la baignoire en contour-
nant le siphon. Il les tira l'un après l'autre par les
pattes de devant et enfourna les siamois dans un
panier d'osier. Il sortit de la maison, traversa lentement le jardin. Son regard s'attarda sur les parfaits
alignements de poireaux, de plants de tomates, de
carottes. Alors qu'il s'assurait de la fermeture du
portail un énorme bulldozer, en passant, le fit sursauter et se retourner. Il identifia l'un des engins de
terrassement que le conseil général mobilisait tout
au long de la rue pour enfouir sous terre des cana-
lisations aux dimensions phénoménales qu'un véritable carrousel de camions déposait à intervalles
réguliers près des excavations. Le mois précédent,
la même armée bruyante avait creusé un profond
bassin au centre du carrefour, en avait cimenté les
parois inclinées et le fond avant d'interdire l'accès
des pentes aux amateurs de skate en posant un
grillage. Un panneau récemment dressé annonçait,
en lettres noires sur fond jaune, qu'une canalisation
de 850 mètres serait disposée entre la rue Lasalle et
le bassin de retenue du carrefour du 8-Mai-1945,
dans le cadre de la lutte contre les orages décen-
naux… Des chiffres astronomiques détaillant la

TVA mettaient fin au message et signifiaient aux contribuables l'utilité de leur effort.

Le voisin l'attendait sur le perron, des phrases toutes faites aux lèvres, la météo qui se mettait enfin au beau, les embouteillages qui se résolvaient... Il hérita des siamois.

Georges Fausson conduisit jusqu'à la nuit, sans un arrêt, comme s'il devait encore se prouver qu'il avait réussi à quitter son univers quotidien. Il traversa des quantités de départements sans prêter la moindre attention à l'alternance des paysages de part et d'autre du long double rail d'asphalte. Il s'étonna, tenaillé par la faim, de clignoter sur la bretelle de sortie d'Avignon-sud. Il bifurqua en direction d'Apt et s'arrêta devant un restaurant perdu au milieu d'une pinède, près de Gordes.

Ce ne fut que le lendemain, quand ses pas le portèrent sur la route de Joucas, qu'il se souvint... Il avait lutté des années pour s'imposer cette fuite qui le ramenait au point de départ, près de ce village où Clara était née. Ils n'y étaient jamais venus ensemble mais il lui semblait reconnaître les collines d'ocre et, là-bas, la falaise de Lioux qu'elle lui décrivait si souvent...

Les policiers étaient venus enquêter jusque-là, de Paris, et l'enfant du pays, évanouie à jamais un matin d'octobre 1964, devait encore occuper les conversations des vieux dans les hameaux reclus. Georges Fausson revint à l'hôtel. Les valises réintégrèrent le coffre de la Citroën. Trois jours d'errance à travers les Alpes proches le dissuadèrent de s'inventer un but : son esprit le ramenait, devant plaines, pics ou vallons, à Clara et à cette maison qu'il n'aurait jamais dû quitter. La prémonition du désastre le poussa sur l'autoroute. Quand le lendemain matin il stoppa devant le portail il ne s'étonna pas d'être accueilli par le commissaire Velgrain, une vieille connaissance.

Une pelle Poclain avait pris possession du jardinet et enfonçait ses crocs métalliques dans la terre végétale. Le conducteur manœuvrait sa gamme de manettes et déposait ses charges de terre en un pointillé de monticules qu'une équipe d'ouvriers sondaient à l'aide de râteaux et de pioches. Le commissaire le fit entrer dans la salle à manger. Sur son propre bureau, près de la lampe au socle vert, trônait un crâne terreux. Georges Fausson s'effondra et avoua son crime. Les ossements avaient été exhumés la veille, à la limite du carré de poireaux, à la suite d'une série de hasards.

Un engin, travaillant sur le chantier proche, avait bousculé une conduite de gaz imparfaitement signalée sur un relevé de la direction de l'équipement et il avait fallu remonter assez loin pour vérifier l'état des joints : jusqu'au jardin de Georges Fausson…

Ce n'est que deux jours après ses aveux que l'on mit au jour le second crâne et il vint prendre place près du premier sur le bureau, sous la lampe au socle vert. Georges Fausson refusa obstinément d'endosser la paternité de ce nouveau crime comme il nia farouchement toute participation à la mise à mort des cent soixante-douze dépouilles que l'on arracha aux profondeurs de son jardinet au cours de la semaine suivante. D'ailleurs le commissaire ne disposait pas d'assez de fiches de personnes disparues pour attribuer une identité provisoire aux pièces de sa macabre collection.

Il fallut attendre qu'un terrassier se montre surpris par l'extrême abondance des blocs de pierre dans un sol naturellement argileux pour qu'on s'interroge enfin sur l'étonnante régularité de leur disposition. L'accumulation traçait une place, connue aujourd'hui sous le nom de Portique de Vénus, qui jouxtait le bâtiment principal d'une villa romaine aux dimensions imposantes. On expertisa les crânes. Tous, sans exception, dataient du premier siècle après Jésus-Christ. On remua la terre de plus belle, les fondations, la cave du pavillon, à la recherche des restes de Clara. En vain, si l'on excepte une réplique romaine de Polyclète et un invraisemblable bric-à-brac de tessons, d'armes rouillées, de pièces de bronze.

Georges Fausson se mura dans le silence, Clara demeura introuvable… à moins que ne lui appartienne cette cent soixante-quinzième boîte crânienne qu'un jeune archéologue rend à la lumière et porte dans ses paumes ouvertes à la manière d'une offrande.

La révolution
de Randrianantoandra

Je m'appelle Randrianantoandra et j'ai eu dix-huit
ans au début du printemps. Il y a peu, j'habitais encore à Kianja, dans la banlieue d'Antananarivo que
les Français ont baptisé Tananarive. Mon père
conduisait un bulldozer avec lequel il repoussait, du
matin au soir, les limites de la décharge municipale.
Ma mère travaillait dans les carrières, de l'autre côté
du lac, à casser du gravier. Je m'occupais des quatre cochons, les nourrissais avec ce que je trouvais
dans les détritus que déversaient inlassablement les
camions-plateaux venus de la nationale.

Les murs de notre maison provenaient également
de la décharge, de même que nos quelques meubles.
Mes sœurs récupéraient les boîtes de conserve et
nous nous retrouvions tous, le soir, pour aplatir le
fer-blanc, l'aluminium à coups de pierre. Deux fois
par mois mon père vendait la récolte à un camionneur de Vakinankarata qui lui donnait davantage que
Joseph, le chiffonnier officiel d'Ambohimandrosa.

D'autres familles de Kianja s'occupaient des os,

des bouteilles, du charbon de bois... Toutes élevaient des porcs qu'il fallait empêcher d'aller ravager les rizières, toutes logeaient aux confins de la décharge, dans la fumée épaisse des pneus-torches, indifférentes à l'odeur des chiens morts et au bourdonnement des nuées de mouches. Toutes pleuraient un enfant, un frère : celui qui naît à Kianja meurt à Kianja.

Un jour, c'était en avril, un convoi de l'armée s'est immobilisé à la fourche d'Ankadiefajoro et des Sénégalais ont jeté une cinquantaine de cadavres au bas de la colline. Leur chef, un Blanc au visage bouffé par la petite vérole, s'est approché de mon père et lui a demandé de couper le moteur du bulldozer.

— Tu me brûles ça, avec les pneus.

Il a tourné les talons et c'est quand il a posé son ranger sur le marchepied de la jeep de tête que les lèvres de mon père se sont entrouvertes.

— Non... Je n'ai pas le droit...

L'officier a suspendu son mouvement puis il a rebroussé chemin. Sans un mot il s'est installé aux commandes de l'engin et la pelle mécanique a bousculé les corps, les ordures. Mon père hurlait à ses côtés mais ses prières n'atteignaient pas le ciel. Sa main s'est posée sur le cric dissimulé sous le siège et, par trois fois, l'outil a défoncé le crâne de l'officier vérolé. Le bulldozer a hoqueté puis s'est immobilisé. Les Sénégalais assis en rangs d'oignons sur les bancs de leurs camions n'ont pas bougé. Ils l'ont vu descendre et courir dans les amoncellements de résidus. Les crosses sont restées sur le plancher.

Peut-être savaient-ils que rien ici n'est possible sans les morts, que ce sont eux qui choisissent la terre de leur repos... Je me souviens qu'après son accident, mon grand-oncle Rabekoto a enterré sa jambe à l'ouest du village, près du grand lac, et rien au monde ne pourra l'empêcher de la rejoindre, un jour, pour vivre entier son éternité.

Nous sommes partis le soir même après avoir vendu les bêtes. Les femmes se sont réfugiées à Anjozorobe chez un cousin et j'ai suivi mon père le long de la ligne de chemin de fer. Nous avons marché pendant une dizaine de jours sur les traverses des Chinois, nous dissimulant dans les herbes hautes au passage des trains, des patrouilles. Quelquefois l'écho de fusillades nous parvenait, assourdi par le feuillage. Des avions frôlèrent les falaises d'Anjiro, un matin, et leurs bombes mirent le feu aux cases d'un village où nous avions trouvé refuge, et aux eucalyptus. Les survivants couraient en tous sens dans la clairière, mais les mitrailleuses des Junkers les fauchaient bien avant qu'ils atteignent la protection de la forêt.

Nous avons franchi les lignes ennemies en évitant le poste d'Andasibe. Ensuite, tout était détruit, les viaducs, les ponts, les tunnels. Les rails gisaient au fond des ravins et les restes de traverses noircies témoignaient d'autant de campements.

Un détachement de l'état-major secondaire n°10

du président Todiasy nous débusqua à l'aube du onzième jour et nous fûmes conduits devant un responsable du commandement insurgé. On nous interrogea séparément et l'on confronta nos récits avant de nous intégrer à l'armée malagasy. Un ancien coolie de Shangaï qui avait rejoint notre cause initiait les recrues aux combats de guérilla. Il formait des sections de trente-trois hommes armées chacune d'un fusil et de sagaies. Nos premières missions consistèrent à investir les villages de la région d'Anosibe et à rallier les paysans à l'insurrection. Cela se faisait sans discussion, malgré la peur des représailles.

Avant notre premier combat, le Président nous fit prêter serment et tous les hommes entrèrent, l'un après l'autre, dans la case des Fanafody. Un officier me présenta une cuillère remplie d'une eau trouble.

— Bois, Randrianantoandra, cette eau est mélangée à l'or et à l'argent des montagnes. Elle fait perdre le chemin de sa maison à celui qui trahit et le fait errer, jusqu'à la fin de ses jours…

Le métal heurta mes dents et j'aspirai le breuvage entre mes lèvres. Puis il me tendit une feuille fraîche de sika.

— Quand les Français tireront sur toi avec leurs fusils, plie la feuille de sika entre tes doigts et crie : « Assez » en tordant l'index. Les fusils des Français deviendront aussi liquides que de l'eau de pluie…

L'objectif était un poste renforcé sur la route d'Ambatondrazaka et l'attaque devait être menée par les forces réunies de trois états-majors secondaires.

Il était prévu que la jonction s'opère sur les rives du lac Alaotra, près des silos. Cinq de nos sections, dont la mienne et celle de mon père, arrivèrent les premières. Le commandant nous fit prendre position dans les sillons creusés à flanc de colline par les rafales de vent et les torrents d'orage.

À minuit tous les guerriers se lancèrent à l'assaut du fortin, une arme dans une main, une feuille de sika dans l'autre. Les armes automatiques des Français se mirent à découper le temps. Plus je tordais mes phalanges, plus les cadavres des miens recouvraient la poussière. Je plantai ma sagaie entre mes pieds et m'accroupis, incapable d'avancer ou de battre en retraite. Un Africain me ramassa bien plus tard, de la pointe de sa baïonnette, et me poussa dans le carré des prisonniers. Je ne vis pas mon père et ne reconnus rien de lui quand on nous obligea à passer devant les corps entassés.

Un camion de l'armée vint se garer près de nous. Un soldat nous distribua du manioc sec et un peu d'eau puis les militaires nous escortèrent jusqu'à la gare d'Ambatondrazaka. Les Sénégalais nous forcèrent à grimper dans les wagons à bestiaux stationnés devant la réserve de charbon. Une locomotive nous réveilla, tôt le matin, en s'accrochant au convoi. Toute la journée fut occupée par l'obsession de l'eau et le souvenir des disparus.

L'un des nôtres, un commerçant de Mahajanga, avait réussi à conserver une minuscule lame, malgré la fouille minutieuse des Français. Il parvint à creuser un trou de la grosseur d'une noix à la jointure de deux planches. Avant que le train ne s'immobilise, au milieu de la nuit, les lettres rouillées de Moramanga défilèrent au ralenti devant l'œil qui voyait pour tous.

On courait sur le ballast du côté de la paroi aveugle, des bruits de bottes sur le gravier, des hurlements, des ordres, des culasses que l'on armait.

Soudain les mitrailleuses se mirent en action, constellant le bois d'une multitude d'éclats. Les dix ou douze hommes plaqués contre les planches s'affaissèrent sans un cri. Je me fis un rempart de leurs corps et me barbouillai du sang tiède qui coulait d'une plaie. La fusillade se prolongea durant un quart d'heure puis un soldat, un Blanc, tira la porte à demi arrachée du wagon. Son pistolet abrégea les souffrances des quelques blessés qui geignaient parmi les morts. Des Sénégalais et des Algériens nous transportèrent jusqu'aux camions et nous jetèrent ensuite dans une fosse spongieuse creusée près d'une rivière. J'attendis le départ de la troupe, pour un nouveau chargement macabre, et me dégageai des jambes, des bras durcis de mes compagnons. Je rampai vers l'eau, me laissai submerger et nageai jusqu'à la rive du lac Alaotra.

Communiqué du Commandement du 1ᵉʳ BTSR :

« Moramanga jeudi 8 mai 1947

Lundi 5 mai, au cours de la nuit, des rebelles ont attaqué un train stationné en gare de Moramanga

dans le but de délivrer des insurgés qui s'y trou-
vaient prisonniers. Les combats ont fait quelques
blessés et quelques tués à l'intérieur des wagons.
Nous n'avons aucune perte à déplorer. »

Commandant J.

Direction de la SNCF région Madagascar :

« Cher maître,
Dans la nuit du 5 au 6 mai dernier, un train ré-
quisitionné par le Premier Bataillon de Tirailleurs
sénégalais (1er B TSR), placé sous les ordres du
commandant J., a été totalement détruit par des
tirs nourris d'armes automatiques, en gare de
Moramanga.
Les éléments en notre possession (dossier joint)
tendent à démontrer que ces tirs étaient le fait de
soldats français, en l'absence de toute menace des
forces insurgées.
Nous vous demandons donc, par la présente,
d'évaluer le préjudice matériel subi par la SNCF et,
dans un premier temps, d'engager un recours amia-
ble auprès des autorités militaires afin d'effacer ce
contentieux. »

M. R.
Direction du Matériel
et de l'Équipement.

Au matin un pêcheur me recueillit et, à l'abri dans sa case, je lui confiai mon histoire. Il posa sur sa table une poignée de terre prélevée sur le tombeau de ses ancêtres, me demanda d'y plaquer ma main. Il parlait lentement, cassant ses phrases afin que je puisse les reprendre avec exactitude.

« Vous, Andrianampoinimerina, Ranavalo manjaka, Raininandriamanpandry, Ralaimongo, Andriam Panohy, Andriaterony et vous tous, "sacrés" qui n'ont pas été énoncés, venez, écoutez le serment que j'adresse. Je me suis donné en entier pour Madagascar et de nouveau je me livre, et me livrerai s'il le faut jusqu'au dernier soupir de ma vie. Je dois accomplir ma tâche. Je supprimerai l'égoïsme de mon cœur, la jalousie, le séparatisme qu'avaient créés les chiens de Français parmi les Malgaches. Partout où je passe, je dois me montrer humble et respectueux. Étant le piédestal, le soutien du peuple, le bouclier du futur Fanjakana Malagasy, je dois faire attention à ma langue, car ma bouche peut me condamner et mes lèvres m'accuser. Comme s'il s'agissait de ma propre sœur, je m'abstiendrai de médire de mes chefs, de leur parler incorrectement, et de me fier aux calomnies à leur sujet. Je ne divulguerai jamais les secrets confidentiels. J'éviterai de frauder sur les gages en nature ou en argent, reçus en don. Si je suis fait prisonnier par les chiens de Français, je fermerai ma bouche et m'abstiendrai de dénoncer mes chefs, préférant la mort que d'accomplir des gestes de trahison, pour le salut de la patrie. Je suis prêt à braver la mort pour rentrer aujourd'hui dans la tombe de mon pays. Je renonce au choix de mourir demain. Mon sort est de mourir aujourd'hui pour Madagascar. Par malheur si j'accomplis des actes contraires à ce dont je viens de parler, ô Dieu, ô Seigneur, ô ancêtres honorés, énoncés ci-dessus, présents au saint serment que j'ai juré après avoir absorbé de l'eau contenant une parcelle de la sainte terre où je vis, que votre puissance agisse sur moi et me rende vagabond, errant comme les chiens, que mes enfants et les descendants de mes arrière-petits-enfants soient à jamais privés de la lumière de la vie. Je dois mourir debout. »

Au loin résonnait *La Marseillaise*. Là-bas, les Français fêtaient le 8 Mai.

Consigne automatique 548

Les syllabes du nom s'imprimaient sur les lèvres du flic tandis qu'il lisait la carte orange. Michèle Deurne. Des lettres capitales, écriture bâton. Une signature compliquée, pleine de circonvolutions, brouillait le même nom, près de la photo. Le regard du flic allait du portrait couleur à l'original... Moins d'une année de différence d'après la date d'établissement de la carte... D'un côté une jeune femme épanouie, souriant à l'objectif, de l'autre une sorte d'hébétude ridée, le visage de la défaite... Il avait ramassé des dizaines de cloches, de drogués, de paumés, les nuances infinies de la misère... Il croyait s'être bétonné le cœur, mais pour la première fois depuis qu'on l'avait jeté en uniforme sur le bitume parisien, les larmes lui montaient aux yeux.

Il essaya d'éviter la pauvre chose éparpillée sur le sol au milieu des fragments de journaux, de plâtre, de ferraille, mais c'est comme s'il fallait qu'il grave à jamais cette horreur dans sa tête.

La foule faisait cercle, des dizaines de personnes,

figées, muettes… Une galerie courbe de visages
médusés. Une humanité en proie à la terreur.

La machinerie SNCF, indifférente, continuait à
décharger sur les quais ses milliers d'employés,
d'ouvriers qui se dispersaient vers les métros, les
bus, pour un peu moins d'une demi-journée, Opéra,
Défense, Bastille…, avant de refluer vers les entrepôts nocturnes.

Maintenant que l'attroupement grossissait, on
commençait à réagir. Des flics du 10ᵉ.

Il prit doucement la jeune femme par l'épaule.

— Suivez-moi…

Elle ne lui répondit pas, ne lui adressa pas le
moindre regard et se mit à marcher, la tête baissée,
les yeux fixes, avec les gestes saccadés d'un robot.

Bientôt un an qu'elle sillonnait sans but la ligne
Gagny-Gare de l'Est, matin, midi et soir, comme
une aiguille inutile sur un disque rayé.

Elle descendait la rue des Bourdons, comme
avant, vers sept heures, patientait dans le hall, en
contrebas des voies, et prenait le direct de 7 h 15
qui ne s'arrêtait qu'à Pantin.

Les mêmes qui faisaient partie de son ancien mouvement de balancier, maison-bureau, bureau-maison,
étaient là, à faire la course pour la place près de la
fenêtre, en non-fumeurs… Les hommes dépliaient
leur journal, les femmes sortaient leur tricot, leurs
aiguilles… Quelques bouquins… Paris arrivait là-
dessus et suspendait jusqu'au soir les résumés de
Télé-Star, les recettes de *Prima*.

Michèle Deurne les laissait tous passer et quittait le train quand le quai s'était vidé. Elle choisissait toujours le dernier wagon et il lui fallait remonter tout le convoi. Elle ne se sentait bien que sous la vieille verrière, comme cachée dans la rumeur des pas, bousculée, contrariée dans sa progression... à l'état d'épave flottante.

À force, sans le vouloir, elle avait appris à repérer la faune à l'affût, des types gris comme tous les autres, qui plongeaient sur un attaché-case abandonné une seconde de trop, des mômes aux doigts de vent qui se repassaient les portefeuilles à la chaîne.

Elle s'en foutait.

Dans sa poche, sa main se crispait sur la clef, ses ongles grattaient le numéro gravé. À gauche, et encore une fois à gauche, le couloir des courants d'air, après le passage commerçant... Michèle Deurne s'approchait du mur des consignes automatiques, s'immobilisait, l'épaule contre un montant métallique et restait là, une heure s'il le fallait, le temps de faire partie du décor.

Au tout début, sept mois auparavant, elle profitait d'un moment d'accalmie, quand il n'y avait plus que quelques personnes dans son périmètre, pour ficher la clef dans la serrure, ouvrir la porte, saisir le paquet et l'enfourner dans une autre consigne. Le tout lui prenait cinq, six secondes...

Maintenant elle n'hésitait plus à opérer le transfert au milieu des passants, des rôdeurs, se sentant même d'autant plus en sécurité qu'il y avait de monde.

Elle changeait de clef chaque matin à la même heure, angoissée à l'idée de dépasser les 24 heures fatidiques. Peut-être aurait-elle pris moins de risques en gardant le même casier et en se contentant de glisser une nouvelle pièce de 10 francs dans la fente ? Le souvenir d'une conversation surprise un soir, dans un compartiment, le lui avait interdit : des employés du chemin de fer contrôlaient le secteur des consignes et ouvraient avec un passe celles qui leur paraissaient suspectes.

Elle préférait jouer à quitte ou double, chaque matin, plutôt que braver l'avertissement collé en rouge sur les portes rectangulaires :

24 HEURES MAXIMUM

Souvent elle venait s'asseoir dans la salle d'attente, face au guichet d'information. Normalement il fallait un billet grandes lignes, mais les voyageurs normaux avaient depuis longtemps laissé la place à ceux qui n'attendaient plus rien.

Michèle Deurne se calait sur la banquette en bois, fermait les yeux. Elle rêvait quelquefois d'un train vide qui ne s'arrêtait jamais. Aucun autre mot, dans la demi-conscience du matin, ne convenait mieux à cette sorte de frayeur habituelle et rassurante. Elle se voyait, allongée sur une couchette, au fond d'un compartiment, avec la porte des toilettes qui battait au rythme des joints de la voie. Chaque rêve lui permettait de voyager dans un wagon différent et de se rapprocher ainsi de la locomotive.

Enfant, il lui arrivait déjà de passer ses nuits à traverser les pays en songe mais alors elle choisissait ses passagers avec soin et il était rare que des places restent inoccupées.

Dans ses souvenirs de ce monde nocturne, il y avait de la musique, des rires, des chants. Les rideaux baissés sur la campagne plongeaient les wagons dans une obscurité atténuée par la lumière douce et colorée des lampes d'opaline.

Sans jamais avoir vérifié, elle savait que son père était aux commandes de la locomotive et qu'il conduisait, la tête penchée au-dehors, le regard rivé aux deux lignes de fer parallèles, ses yeux brillants derrière les grosses lunettes de cheminot.

Et tout autour les volutes de fumée éclairées par les flammes du foyer...

Une fois, elle venait tout juste de changer de casier, un type avait fait tomber un paquet du sac qu'il tenait à la main. Elle s'était baissée, par réflexe tandis qu'il faisait de même. Nez à nez, à cinquante centimètres du sol gris poussière ! Lui riait de la situation. Elle s'était sentie fugitivement heureuse de cette gaieté rapprochée.

Il s'appelait Francis, habitait aux Lilas et travaillait l'après-midi à Noisy-le-Sec pour une boîte de sérigraphie. Tuc.

Des dizaines de mecs l'abordaient chaque semaine, flairant la décalée, la môme perdue. La baise pour un mac-do, dans les chiottes embuées de la gare... Elle avait appris le mépris, la hargne.

Là, non : la confiance immédiate. Trois jours de connivence... Elle faisait semblant d'aller au boulot, pressentant qu'en lui sacrifiant trop de temps elle serait mise sur le chemin des confidences.

Quelquefois il lui prenait la main, comme à une enfant, pour traverser une rue, la tirait vers les devantures des magasins. Il lui montrait souvent les étalages de crèmes de beauté ou les alignements de produits ménagers.

— Ça, c'est la menace invisible !

Les rues étaient pleines de sirènes, de gyrophares... Sur les vitres des gares on placardait des affiches menaçantes, en trois langues :

Ne laissez jamais vos bagages sans surveillance. Même pour quelques minutes. En raison de la vague d'attentats perpétrés en France, les services de police se réservent le droit de détruire tout colis suspect.

Et d'autres affiches, avec des visages d'hommes, de femmes surmontés d'une somme pleine de zéros.

Le troisième jour Francis l'avait emmenée dans un Euromarché-capharnaüm, porte de la Villette. Elle devait faire le guet tandis qu'il trafiquait les rangées impeccables de bombes aérosols. Michèle n'avait pas remarqué la fine caméra coincée entre deux paquets de lessive. Les vigiles s'étaient jetés sur Francis, en silence, pour ne pas perturber le ballet des consommateurs.

Personne n'avait fait attention à elle. Le groupe s'était éloigné. Elle s'était approchée d'un employé du magasin occupé à remettre de l'ordre dans le rayon. Des étiquettes autocollantes à l'impression malhabile recouvraient les marques d'insecticides :

PARTICIPEZ À LA DESTRUCTION DU MONDE
DISPOSITIF INDIVIDUEL ANTI-OZONE
EFFET GARANTI

Elle avait marché jusqu'à la gare de l'Est, par la rue de Flandres et le boulevard de la Villette.

Sa vie s'était refermée autour de sa consigne.

Le soir elle aimait s'installer face à la terrasse du bar, sous la verrière. L'un des garçons ressemblait à son père, la même démarche lourde, les pieds comme fichés dans le sol, les épaules massives, voûtées, et cet air absent posé dix centimètres au-dessus des têtes...

Longtemps avant d'emménager à Gagny, ils habitaient une ancienne maison de gardes-barrière sur une ligne fermée, près de Beaune-la-Rollande. Michèle venait de fêter ses dix ans quand ses parents en avaient fait l'acquisition lors d'une vente aux enchères, à Orléans. La seconde bougie du commissaire-priseur s'était éteinte un quart de seconde après que la voix de son père se fut élevée pour la première fois, dans cette salle intimidante.

La SNCF avait récupéré les rails, les traverses, les appareils de signalisation. Ne restaient qu'un semblant de quai et la moitié d'une plaque en ferraille « Saint-Tra... », accrochée au-dessus de la porte.

Les matins de bonne humeur, ses parents, complices, parlaient du train errant alors qu'elle trempait ses tartines. Elle suspendait le pain au-dessus du bol, attentive.

— Il a ralenti cette fois... Nous avons eu le temps de nous lever, d'ouvrir la fenêtre de la chambre... Les feux rouges arrière disparaissaient dans la forêt... Tu ne l'as pas entendu, Michèle ? Il sifflait tellement fort que nous avons eu du mal à nous rendormir !

— Pourquoi tu ne m'as pas réveillée ?

Il posait doucement sa main sur ses cheveux en bataille.

— C'est lui qui réveille les gens... Si par malheur on le fait à sa place, il se vexe et ne repasse plus jamais...

Des mois encore à effectuer les trajets quotidiens... À la maison, on s'était habitué à son silence. Sa mère la servait, les yeux humides, retenant ses larmes, tandis que le regard du père semblait avoir pris encore un peu de hauteur, de distance. Elle dormait dans un duvet de montagne, le lacet serré autour de la tête, comme une momie.

— Des lubies ! avait tranché son père. Ça lui passera.

Des employés de la SNCF accompagnés de policiers inspectaient maintenant les wagons, fouillaient les sacs, vérifiaient les identités. Tout le monde se conformait, entre une réflexion obligée à propos de ceux qui feraient mieux de les poser chez eux, leurs bombes, et le dernier rebondissement de *Rick Hunter*.

Michèle Deurne présentait sa carte orange, le visage braqué sur ses chaussures, marmonnant entre ses dents :

— Et moi, vous vous en êtes bien foutus de moi... Pas de flics pour les pauvres cons... Pas de flics pour les pauvres cons...

Le contrôleur haussait les épaules, désabusé, et passait à autre chose.

Sept mois qu'elle jouait aux dominos avec les consignes automatiques quand le flic en civil affecté à ce secteur de la gare depuis une semaine remarqua son manège... Le premier casier vidé en un éclair, et ce paquet indistinct enfoui tout aussi vite dans un second casier... la pièce de 10 francs, la clef planquée au fond de la poche, et l'air traqué, inquiet de cette môme sans importance.

Son pouce écrasa la touche du talkie-walkie.

— Arrivez vite fait au point 7... Je crois bien qu'on en tient une... Elle vient de foutre un truc bizarre dans une consigne...

Il rangea l'appareil dans une poche intérieure de son blouson et se mit à courir. Michèle Deurne ne se doutait de rien, elle marchait vers l'esplanade, vaguement écœurée, comme chaque fois. La poigne du flic lui broya l'épaule. Elle voulut échapper à la prise mais il lui avait déjà fauché les jambes. Son nez s'écrasa sur le bitume qui prit instantanément le goût du sang.

On la traîna jusqu'aux consignes. Le flic lui passa les menottes avant de plonger la main dans son jean, pour prendre la clef. Le contact la fit frissonner de dégoût.

Il brandissait la clef devant ses collègues, la tenant par la pointe.

— La 548 ! C'est la 548…

Il se tourna vers Michèle Deurne.

— Qu'est-ce que tu as foutu là-dedans ? Tu vas nous le dire, sinon on fait tout sauter !

Elle s'était mise à pleurer, sur elle.

Il ne fallut qu'un quart d'heure aux artificiers pour arriver de la Cité. Deux minuscules charges de plastic et la porte du casier vola en éclats. L'un des hommes se risqua, dans la fumée et l'écho de l'explosion, à prendre à mains nues le paquet de chiffons et de papiers posé dans la consigne. Il le maintint à plat sur l'une de ses paumes et déplia précautionneusement les lambeaux de tissu.

Il poussa soudain un cri terrible et laissa tomber à terre le fœtus momifié qui le regardait de ses yeux vitreux.

Ne restait, au fond du casier, qu'une coupure de presse vieille de 13 mois :

MYSTÉRIEUSE AGRESSION
SUR LA LIGNE PARIS-EST

« Plusieurs voyageurs dont les dépositions se recoupent avec précision affirment avoir assisté à un viol collectif dans le train de banlieue 7321, parti de la gare de l'Est à 22 h 12. Un peu après l'arrêt à Pantin, cinq ou six individus, manifestement sous l'emprise de l'alcool, ont agressé une jeune femme blonde et l'ont violée à plusieurs reprises alors que deux d'entre eux menaçaient les voyageurs à l'aide de crans d'arrêt. Bizarrement, ni la police ni la SNCF n'ont reçu de plainte de la part de cette mystérieuse jeune femme qui serait descendue à Gagny en refusant toute aide.

Une enquête a été ouverte même si, rappelle-t-on au commissariat de Gagny, on estime que moins d'un tiers des femmes victimes de viol se présente spontanément aux autorités judiciaires. »

Main courante

Il pleuvait, comme de juste.

Je n'avais jamais vu le soleil avant la mi-mars dans cette fichue ville, ou alors des tentatives ; un rayon-suicide qui parvenait à se glisser entre deux nuages acides avant de s'écraser lamentablement sur les murs noircis des faubourgs.

Les jours s'enfilaient, les uns derrière les autres, pour former un long collier gris.

Inutile de vous dire que le moral allait de pair avec la météo. Au cours des dix dernières années, Courvilliers était passé de trente à cinquante-six mille habitants, après l'installation des usines Hotch, un groupe international spécialisé dans l'assemblage des moteurs de voitures. On n'y mettait jamais les pieds et c'était mieux comme ça : la boîte avait son propre service d'ordre qui s'occupait du ménage interne...

Les locaux du commissariat n'avaient pas suivi la courbe démographique contrairement à la délinquance. Peu à peu j'en étais venu à partager mon

bureau avec un, puis deux stagiaires. Jusqu'au transfert, la veille, du service de la « main courante »,
personnel et matériel. Ça n'allait pas chercher loin,
deux couples de vieux flics amorphes et non-
fumeurs, autant de sièges, de bureaux, d'armoires.
Quand même, cinq personnes, des adultes, dans
moins de vingt mètres carrés, on frisait la surpopu-
lation !

D'autres inspecteurs auraient rechigné à la perspective de bosser sous le regard de leurs subordon-
nés, mais ce qui me restait de religiosité hiérarchique
m'avait définitivement abandonné à la vue de ma
première fiche de paie, vingt ans plus tôt.

De ma place, près de la fenêtre (il faut être tout à
fait franc, j'avais conservé ce privilège), je sur-
plombais les registres grands ouverts sur lesquels
s'inscrivaient, heure par heure, les épisodes de la
grande histoire des gens de Courvilliers : plaintes,
accidents, vols, agressions…

Dix lignes maximum pour traiter chaque sujet,
séparé par un double trait de stylo du sujet suivant
dont le numéro était écrit en rouge dans la marge.
La main habituelle, crispée sur le bâtonnet de plastique orange, alignait les signes avec soin.

. . . .

. . . .

1ᵉʳ mars 1984, 11 h 49.
Carrefour formé par les rues Charles-de-Gaulle
et Général-Leclerc. Un camion de marque Citroën

immatriculé 2827 HY 93, appartenant à la société Goix, 84 rue Villebois à Aulnay, est entré en collision avec un véhicule particulier Simca 1100 immatriculé 286 TA 75, conduit par son propriétaire, M. André Lemesle, domicilié à Paris. Dans le choc, M. Lemesle a été blessé au visage. Intervention de la PS. Le blessé a été dirigé sur l'hôpital de Villepinte.

. . . .

. . . .

Le téléphone se mit à sonner alors que la bille attaquait la seconde moitié du dernier trait.

Une voix de femme, suraiguë, m'agressa le tympan.

Les phrases s'entrechoquaient dans le combiné à une vitesse incroyable. Je réussis à isoler deux ou trois éléments qui, à la réflexion, justifiaient qu'on se mette dans un tel état avec un flic à l'autre bout du fil. Elle tentait de m'expliquer que son mari venait de mourir dans leur chambre. Ce qui ne collait pas c'est quand elle précisait : sur son vélo...

Je notai l'adresse, Mme Ribot, 12, rue de Paris, avant de passer le papier à un stagiaire.

— Allez, on prend l'air !

Je n'aimais pas conduire et les deux jeunes sautaient sur la moindre occasion pour sortir du bocal. Donnant, donnant. La rue de Paris faisait partie d'une cité pavillonnaire construite en périphérie, sur d'anciens terrains marécageux qu'aucun agriculteur n'avait réussi à cultiver. Le boom industriel leur avait permis de les refourguer au prix de la végétale. Les transplantés commençaient à faire la différence : un garage ce n'est pas obligatoirement l'endroit idéal pour la culture du cresson !

Les cris de la toute jeune veuve nous évitèrent de chercher le 12. Elle avait ameuté le quartier et les curieux nous firent une haie d'honneur jusqu'à la porte du pavillon. Dans ces cas-là, pas besoin de présentations, on sait immédiatement qui est qui. J'entrai dans la salle de séjour avec le jeune flic sur les talons.

— Venez vite... C'est affreux... Il est mort...

Elle nous guida vers la chambre, une pièce étroite meublée d'un lit et d'une armoire en acajou. Le sol, du parquet vitrifié, était recouvert d'une série de petits tapis indiens très colorés. Mon regard se posa sur le vélo d'appartement placé au pied du lit devant un écran de télévision relié à un magnétoscope. Je m'attardai sur l'homme mort en pyjama rayé dans la position du coureur baissé. J'évitai de fixer trop longtemps ses yeux immobiles révulsés par la souffrance. Je crus y lire comme de l'incrédulité... Je me tournai vers la femme.

— Votre mari était cardiaque ? Ce n'est pas toujours recommandé les exercices sur vélo... Surtout quand on prend de l'âge...

Elle éclata en sanglots.

— Non, ce n'est pas ça. C'est affreux...

Je m'étais approché du magnétoscope, irrité et gêné à la fois par la scène et j'appuyai nerveusement sur la touche de mise en marche. Les images d'une arrivée d'étape animèrent l'écran. Je pris le boîtier de la cassette posé au-dessus du téléviseur. Une main malhabile avait complété le cadre d'identification de l'enregistrement :

« Tour de France 1982. Étapes de montagne. »

— Il s'entraînait souvent en visionnant les émissions cyclistes ?

La femme renifla avant de me répondre :

— C'est de ma faute. Il l'a depuis trois mois, ce vélo de malheur. Je lui ai payé... Pour son anniver... C'est moi...

Elle s'arrêta, vaincue par les larmes. Le stagiaire s'était approché du cadavre ; il m'appela pour me montrer du doigt la large tache sombre qui s'élargissait à l'entrejambe du pantalon de pyjama. Je compris d'un coup ce que la femme ne parvenait pas à nous dire ainsi que l'expression de surprise qui se lisait dans le regard du mort. D'ailleurs, à cet instant précis, mes yeux devaient ressembler à ceux de Ribot quand il réalisa, une fraction de seconde trop tard, ce qui lui arrivait.

Hinault devait être lancé à la poursuite de Van Impe et il mettait toute la gomme pour sauver son maillot jaune... Derrière, Ribot se maintenait dans la roue du Français pour conserver sa veste de pyjama à rayures. Si seulement il n'avait pas négligé de vérifier son matériel avant de prendre le départ !

Le collier de serrage de la selle prenait du jeu à chaque effort, chaque tension des muscles. Bientôt le tube montant du cadre vint cogner le rembourrage, sous l'assise.

À deux kilomètres de l'arrivée, tandis que Hinault plaçait Van Impe dans sa ligne de mire, le métal attaquait le cuir du siège. À trois cents mètres du but, le Breton se porta à la hauteur de son adversaire. Ribot tenta de déborder par la gauche du tapis en se penchant dangereusement vers l'extérieur, vers l'armoire. La selle s'ouvrit en deux, le cuir craqua dans un bruit mou à l'instant précis où Hinault faisait franchir la ligne blanche à son boyau avant. Il leva les deux bras pour marquer son triomphe tandis que Ribot s'enfonçait d'un coup sur le tube chromé qui lui perfora les intestins, le tuant net.

Le stagiaire rompit le silence :

— Qu'est-ce qu'on fait dans des cas pareils, inspecteur ?

— Je n'en sais pas plus que toi ! Tu crois que j'ai l'habitude d'en ramasser des dizaines dans cet état-là… Passe un coup de fil à l'hôpital, ils se débrouilleront. Quand tu auras fini, pense à relever la marque du vélo, numéro de série, provenance, fabricant, enfin tout ce que tu peux trouver d'écrit dessus et sur les factures.

Il me regarda avec des yeux ronds.

— C'est vraiment utile ?

— Fais ce que je te dis. Ce gars-là ne doit pas être le seul à grimper le Tourmalet et l'Aubisque en chambre. Il vaut mieux prévenir le reste du peloton si on ne veut pas qu'ils finissent tous sur le pal en appuyant sur les pédales.

Le sportif de la rue de Paris eut droit au numéro 797, huit lignes coincées entre une bagarre dans un café corse et un vol à l'arraché. Quant à moi, il ne me restait plus qu'à attendre le prochain coup de téléphone en guettant le moindre rayon de soleil.

AUTRES LIEUX

Quartier du Globe

Quartier du Globe

Je ne sais plus comment j'y suis entré, je n'en conserve aucun souvenir. Je m'y suis vu pour la première fois trente années plus tard, en remuant des papiers, dans une boîte en fer-blanc.

C'est une photo minuscule, quatre sur quatre, un format oublié, aux bords dentelés. Une trace au crayon maigre dans le coin supérieur gauche, au verso : « 1950. » On y voit une jeune femme aux cheveux longs, noirs, ramenés en arrière. Elle est à genoux, souriante et ses yeux font une tache claire sur son visage. À ses doigts tendus s'accrochent les mains minuscules d'un enfant aux jambes encore torses. C'est un après-midi d'été et le soleil, par les trouées du feuillage, lave le gris de l'herbe. Un autre enfant (on m'assura qu'il s'agissait de moi) lève les yeux vers le photographe.

Un homme, adossé au mur de brique, fume une cigarette. Il est incroyablement maigre et son costume flotte autour de son corps, s'avachit aux épaules. Il est jeune lui aussi, vingt-cinq ans peut-être, et regarde la femme avec tendresse.

Un morceau de jardin est caché par une couverture que les enfants ont désertée. Un coin du tissu mord sur l'allée cimentée où l'ombre des points d'une clôture se mêle aux dessins géométriques tracés dans le ciment.

Je reconnus l'endroit dont me parlait cette photo à ces dessins et à la forme de cette ombre.

Une bicoque sans importance enfouie dans la boue des banlieues. Quartier du Globe.

Dans cette maison, il y a Jojo.

À vingt ans comme à trente, il fallait toujours l'habiller, s'en occuper comme d'un bébé, lui mettre ses chaussures, le raser, lui laver les dents. Il mangeait avec ses doigts, le bout de ses doigts raides, la tête penchée sur l'assiette. Marie refusait de lui mettre un gobelet en plastique, une assiette en émail, même si, souvent, la vaisselle explosait sur le lino. Une manière de dire qu'il comptait autant que les autres.

Au-dessus de la table, un demi-cercle recouvert de toile cirée et collée contre le mur de la chambre, Ferdinand avait installé une petite étagère sur deux équerres peintes, pour poser la radio. Le fil tenu par une série de clous cavaliers rejoignait l'encadrement de la porte et plongeait vers la prise. Zappy Max faisait bouillir Luxembourg.

Marie s'asseyait toujours à la même place, le dos tourné à la cuisinière à charbon qui ronflait hiver comme été, le buffet en bois laqué blanc à portée de la main.

Dès qu'il entendait les premières notes de « Ma petite folie » Jojo se levait et tournait la molette du volume à fond. Après manger je prenais Jojo par la main et il se laissait conduire par un môme de quatre ans à travers le jardin, jusqu'à la barrière verte. Il s'installait dans le coin du pilier et regardait les rares voitures, les passants, les enfants surtout, en agitant les bras. Une fois par mois, un lundi matin jour de fermeture, on faisait venir le coiffeur à la maison. Il buvait un verre de vin et alignait ses instruments, peignes, brosses, tondeuses, rasoirs, sur la table après y avoir étendu une serviette.

Jojo se laissait faire, docile. Les soirs de printemps il arpentait le jardin tandis que nous étions rassemblés sous le lilas, près du robinet d'arrosage, à détailler les étoiles. Marie ne pouvait lever les yeux au ciel sans penser à cette pluie de morts, un jour de l'année 1944... des aviateurs anglais s'éjectant de leur carlingue en feu et dont les corps inertes, hachés par les tirs allemands, se balançaient sous les corolles de soie.

Jojo dormait avec sa mère, Marie, dans la plus grande des chambres et criait souvent la nuit.

Dans cette maison il y a aussi Marie.

Elle venait d'Alsace, de Colmar, et ses frères avaient choisi l'Allemagne au moment de la Grande Guerre. Une famille de paysans, de petits commerçants. Je l'imaginais traversant la France dévastée, seule au milieu de la tourmente, tirant un cheval par la bride, avec derrière un chargement de meubles, de souvenirs sur la charrette... Le seul voyage d'une vie.

Avant Jojo elle travaillait comme blanchisseuse. Depuis elle ne sortait pour ainsi dire jamais de sa maison. Elle est partie à quatre-vingt-six ans, ignorant la mer. Juste le Comptoir Français, au bout de la rue, en face des terrains vagues. Elle y rencontrait la mère Gaillard dont le mari s'était fait virer d'EDF pour avoir trafiqué le compteur d'une électricité qu'il payait à prix réduit !

Elle ne se consacrait que peu à l'entretien des relations de voisinage : Jojo accaparait tout son temps. Elle voyait surtout la mère Rose qui flirtait avec les cent ans, dans son pavillon inachevé. À l'époque elle portait déjà sa tête de siècle et décorait ses rides de rouge, de bleu, de vert... Je la revois, tassée sur son siège, près de la croisée. Marie repasse ou essuie la vaisselle en bavardant. Il n'y a rien aux murs, pas une photo, pas un dessin, pas un tableau. Jusqu'au calendrier des postes qui est punaisé à l'intérieur d'un placard.

Bizarrement dans le jardin, un rectangle de dix mètres sur quinze séparé par l'allée cimentée, c'est le contraire : pas un légume ne pousse ou, si par extraordinaire on s'y essaie, c'est le désastre... Des roses, des soleils, des marguerites, du lilas, du muguet, des cerises, des fraises, des pêches et ces

fleurs inattendues, un été, par dizaines, et que
Danièle identifia, un jour, sur un livre : DANGER
PAVOTS.

Marie règne également sur une partie de la buanderie, une sorte d'appentis appuyé au mur du voisin
et qui abrite une machine curieuse, un demi-tonneau
monté sur pieds dans lequel battent trois pales de
bois agitées par un moteur électrique posé sur les
ferrures qui rendent les pieds solidaires.

Marie y enfourne des quantités de draps, de vêtements sur lesquels elle déverse par bassines l'eau qui
bout sur un brûleur à butane.

Elle veille aussi sur la réserve de charbon (qu'elle
appelle carbi) et qu'elle reconstitue chaque été.

Derrière l'autre mur mitoyen, celui que l'on aperçoit sur la photo, habite la mère Paul, une veuve entourée d'une demi-douzaine de gosses. Elle vend
les journaux au porte-à-porte, à vélo, dans tout le
quartier du Globe et jusqu'à la Mutuelle. Quelquefois elle nous prête les invendus. Le dimanche c'est
un homme qui passe en chantant dans les rues. Le
chien le connaît et le laisse traverser le jardin. Ferdinand discute un moment avec lui et lui prend
L'Humanité et le *Journal d'Aubervilliers*.

Le soir, en attendant que Jojo s'endorme, Marie
se fait des frayeurs en feuilletant *Détective*. Un rideau nous sépare et je l'entends tourner les pages.
Avant d'appuyer sur la poire électrique qui se balance devant la tête de lit, elle vient, l'hiver, vérifier

le tirage du Godin qui chauffe ma chambre. En partant elle se penche, m'embrasse et me souffle :

— Alors, tu dors mec !

Dans cette maison il y a aussi Ferdinand.

Il n'y amenait jamais d'amis.

Il partait le matin, à vélo, la casquette inclinée sur les yeux, la musette sur l'épaule. Menuisier de métier, il avait fait toutes les taules de la région, reprenant sa caisse à outils à la moindre réflexion du patron ou de l'un de ses chiens de garde.

À la fin des années vingt on lotissait la banlieue. « Rendons les ouvriers propriétaires, et c'est la fin des révolutions. »

Il avait acheté un cloaque de cinq cents mètres carrés, dans le quartier du Globe et construit cette bicoque de ses mains, avec des matériaux de récupération. Pas de route, pas de trottoir, l'eau à la pompe, les chiottes au fond du jardin sur une fosse creusée à la pioche…

Quelques années plus tôt l'amnistie avait mis un terme à cinq années de cavale et de bagne, pour désertion en temps de guerre, du côté de la Champagne. Il gardait dans un tiroir de commode les fausses cartes d'identité confectionnées à partir des papiers d'amis disparus dans les tranchées. Solidaires après la mort.

Il n'en parlait jamais et se disait capitaine de bateau-lavoir. Quand on claironnait la victoire à la radio, les 11 Novembre, il se levait et tournait le bouton. Un autre papier d'amnistie traînait dans le tiroir. Le grand-père du grand-père, Sabas, avait déjà fait le coup, à la fin des années 1870, en faussant compagnie à l'armée royale belge. Exil à Lille, avec un cheval.

Ferdinand dormait seul dans la chambre du fond dont on voyait la lumière depuis la cuisine par une sorte de fenêtre intérieure percée en haut de la cloison.

Il se hissait sur un lit très haut sur lequel, quand on l'appelait, le docteur Jean allongeait le malade du moment.

Dans la buanderie, près du tas de boulets, il s'était aménagé un atelier. De son établi sortaient des mètres de barrière pointue, des bancs, des tabourets… et aussi des jouets, des bateaux que je faisais flotter sur le Rouillon, des épées, des voitures…

Le chien jaune le suit dans la maison, le jardin, la buanderie, jamais dehors.

Ferdinand m'emmène parfois sur son vélo. Nous nous arrêtons chez « Rose », aux « Trois Marches », et longeons les vergers avant d'arriver au marché de la mairie, après la cité-jardin. Avant de se coucher il ouvre l'armoire placée au-dessus de l'unique lavabo qui sert à la vaisselle, à la cuisine, à la toilette. Il fait fondre une cuillerée de bicarbonate de soude dans un verre d'eau.

Quand, bien plus tard, le cancer aura le dessus, il nous dira du fond de son dernier lit : « Méfiez-vous du bicarbonate ! »

Dans cette maison, souvent, il y a Fernand.

Il vient surtout le dimanche, aussi maigre que sur la photo, un rosbif ou un gigot sous le bras. Il connaît deux ou trois vendeuses, au marché de Saint-Denis, qui lui rendent en monnaie davantage que le billet. Marie rajoute du carbi dans la cuisinière et porte la plaque du four au rouge. Fernand tombe la veste et coupe du petit bois à la hachette, dans le jardin de derrière où il y eut des poules et des lapins.

Je ne comprends pas trop ce qu'il fait... À une époque il travaillait chez Hotchkiss et avait même fait embaucher Ferdinand que plus un patron ne supportait tellement c'était réciproque.

Puis Fernand avait fait partie d'une charrette de délégués CGT, virés après une grève défaite. Il partait par moments en Suisse, ce qui, paraît-il, expliquait sa maigreur. À une époque il fabriquait des tables de télé pour un artisan de la place de la Caserne, plus tard il portait des valises dans les gares et exhibait des billets de cinq dollars...

Le plus souvent il s'occupait de chevaux et y laissait pas mal de plumes, d'après Marie...

Il arrive quelquefois avec Maurice, un comptable voûté qui ne peut aligner deux phrases sans être pris d'une quinte de toux. Ou bien avec le Chauffeur qui ne quitte jamais ses gants à trous ni sa casquette, accessoires indispensables à la conduite de son Aronde rouge. L'après-midi ils m'emmènent à

Longchamp, à Auteuil, au Tremblay, à Vincennes,
pour la pureté de l'air, et je leur cours après, sur la
pelouse, tandis qu'ils encouragent leur canasson
dans la ligne des tribunes avant de le traiter de tous
les noms en déchirant les tickets.

Fernand arrive parfois à l'improviste, la nuit
tombée. Il escalade la barrière, calme le chien apeuré
et cogne au volet. Jojo s'agite. Marie se lève.

— Tu t'es encore fait lessiver ?

Elle ouvre la porte du couloir. Il s'assied, penaud,
tandis qu'elle lui prépare une omelette au fromage.

— Oui, cette fois ils m'ont eu jusqu'au tro-
gnon... Je suis raide comme un passe-lacet !

Puis il parle en baissant la voix du procès inter-
minable qui l'oppose au ministère des Armées, tandis qu'à deux pas Ferdinand fait semblant de dormir.
Trois mois à remuer des rails, sous l'uniforme, après
quatre années de privations. Trois mois à se flinguer
les bronches.

Dix ans plus tard il fera irruption dans la cuisine,
triomphant : « J'ai gagné ! » et offrira les quelques
millions lâchés par l'Armée au vieux déserteur qui
les refusera les larmes aux yeux. « C'est ta vie. »

Les chevaux, eux, n'eurent pas de scrupules.

La jeune femme aux cheveux noirs n'est plus
dans la maison. Elle est là-bas, dans la rue, entourée de policiers. Marie est en pleurs et Ferdinand la
retient. Il n'essaie pas de la raisonner, de la consoler.
Il sait. Il a déjà vécu l'inacceptable. Il ne dit rien.

Un policier soulève Danièle, l'enfant que la jeune femme tenait par les doigts. Elle hurle. Un autre tente de m'attraper.

Le temps ne s'est pas arrêté au bonheur de la photo.

Pourtant dans cette maison, autour de cette maison, il y avait la niche du chien jaune adossée au garage en toile goudronnée qui abritait la 203 noire de l'oncle André,

un tonneau d'eau de pluie, sous la gouttière,

des camions du « Rhum du Vieux Zouave » garés devant la porte,

un type à la voix éraillée gueulant « Peaux d'lapins » par-dessus les clôtures,

une échelle qui mène au grenier et sur laquelle je ne suis jamais monté,

Maurice le Fumeur à la veste couverte de cendres,

des personnages de Walt Disney constellant le mur de ma chambre,

des piles de *Bleck le Rock* combattant les Tuniques Rouges,

des collections de *Détective* dont les titres me glaçaient d'effroi, la mère Rose qui, à quatre-vingts ans, se maquillait toujours pour le bal,

mon père frappant la nuit aux volets clos,

l'odeur des marrons sur la cuisinière à charbon, celles de la pelure d'orange, des feuilles de tilleul, le parfum de l'omelette au fromage,

le banc vert, sous le lilas et les soirées d'été que nous vivions assis en regardant le ciel,

la radio sur son étagère et le monde qui nous venait de là,

le cerisier dont les branches basses frôlaient le portail qui nous servait de cible, aux fléchettes,

les pavots que cultivait innocemment ma grand-mère, pour la beauté de l'éclosion,

le cendrier en terre fabriqué à l'école et dans lequel, longtemps après sa mort, les mégots du grand-père prenaient la poussière,

le lino dans les chambres, le soleil au travers des volets, la buanderie pleine d'outils, les amoncellements de bois...

Une baraque sans importance, rue du Globe, à Stains, que Ferdinand construisit de ses mains, au cœur d'un lotissement ouvrier enfoui dans la boue des banlieues, à la fin des années vingt.

Je n'ai pas d'autre maison.

Mort en l'Île

« *Il ne fait pas beau. Le professeur Schwartzen-berg ne peut pas dire quand on arrivera à soigner le sida. La Marie-Pervenche est repartie à vide pour Amsterdam avec l'un des petits de mon épa-gneul. En ce moment des ouvriers plantent des panneaux blancs à l'entrée du chemin. L'homme à vélo, le rouquin, est revenu dans les buissons pour faire ses saloperies. Cette nuit un camion a dé-chargé des gravats et du matériel, près de l'ancien ponton d'avitaillement. J'ai récupéré un ventilateur de bureau presque neuf...* »

Mireille posa son crayon sur le cahier humide et leva la tête. Le deux tons strident de la voiture de police couvrait la rumeur de l'île. Elle tira la toile cirée au-dessus du trou et attendit, dans le noir.

Le camion traversait le pont de Saint-Denis, traî-nant dans son sillage une épouvantable odeur de charogne. Il vira vers la gauche, sur le quai, et dé-

passa la centrale béton. Les portes métalliques de la
fabrique de produits de beauté étaient grandes
ouvertes. Le chauffeur manœuvra pour placer son
bahut à cul, près de la fosse. Le piston de la benne
scintilla au soleil. La cargaison d'os, de viandes
pourries, de vermine glissa sans bruit tandis que
s'abattait le vol de mouettes affamées.

La voiture des flics fit un écart pour éviter le mu-
seau du camion qui mordait sur l'ancien chemin de
halage. Elle reprit de la vitesse et fila le long des
entrepôts du Printemps. Les arches inclinées du
palais des sports de l'île des Vannes bornaient
l'horizon.

Dix minutes plus tôt un pêcheur avait découvert
un corps, à cinq cents mètres de là, au bas du quai
opposé qui donnait sur les chantiers navals Van den
Broucke de Villeneuve-la-Garenne. Il descendait sur
les amas de terre, de pierres, de goudron qui subsistaient à fleur d'eau après l'effondrement de la berge,
pour trouver un coin tranquille. Il était occupé à
disperser les ordures flottantes, les bouteilles, les
couches, les cartons quand soudain son bâton s'était
pris dans un vêtement. Tout d'abord il avait cru
qu'il s'agissait d'une chemise, d'une veste gorgée
d'eau… Il avait insisté, saisissant le bout de bois à
deux mains. Le profil d'un homme, sombre, vis-
queux, était apparu à la surface, crevant la pellicule
huileuse, puis la nuque, une épaule…

Le pêcheur se tenait debout devant le porche de
l'ancien garage à bateaux, son matériel posé contre

le mur, en compagnie d'un marinier qui l'avait aidé à tirer le cadavre au sec. L'arrière des entrepôts projetait son ombre sur les lambeaux de route. Plus loin, à l'amorce du chemin, une énorme pancarte, lettres rouges sur fond blanc, annonçait l'avenir :

> SOCIÉTÉ
> D'AMÉNAGEMENT
> DES BERGES DE LA SEINE
>
> CONSTRUCTION D'UN
> TERRAIN DE GOLF

Les flics se garèrent en travers de la route pour en interdire l'accès aux curieux. Le conducteur, un jeune type assez gras au visage poupin, se dirigea droit sur les deux hommes, les apostrophant d'une voix mal assurée :

— C'est vous qui nous avez téléphoné ?

Son collègue, un vieux flic au front plissé comme un soufflet d'accordéon, descendait déjà vers le fleuve, plantant avec précaution ses chaussures dans la terre meuble, se raccrochant aux herbes, aux branches. Il atteignit le cadavre.

Les deux hommes s'étaient contentés de le tirer à eux, et il conservait la même position que dans l'eau, allongé sur le ventre, les bras levés de chaque côté de la tête, les jambes écartées. Les os du policier craquèrent quand il s'agenouilla. Il sortit une paire de gants blancs de sa poche de blouson et les enfila tout en observant les différentes traces laissées par les promeneurs au flanc de la berge. Il agrippa le corps par l'épaule, des deux mains, et le retourna. Un homme d'une cinquantaine d'années, au visage massif, ouvrait les yeux sur la mort. Une plaie profonde, nettoyée par la Seine, laissait voir l'intérieur du tuyau de cartilage qui gonflait son cou. Le flic piqua du nez et respira longuement. Son collègue l'observait, deux mètres plus haut.

— Alors, c'est quoi ?

Il se redressa et plaqua son index tendu sur sa pomme d'Adam.

— Tout juste si la tête tient aux épaules ! Appelle le fourgon, qu'ils viennent avec la bâche…

Il ferma les yeux du cadavre avant de procéder à l'inventaire de ses poches : un paquet de gauloises entamé, une pochette d'allumettes, une carte de téléphone, une clef de verrou sans numéro et, roulés en boule, quelques tickets de PMU, des enjeux-hippodrome pour la nocturne de la veille, à Enghien. Le 5 et le 7, écurie gagnante dans la seconde course.

Les policiers enquêtèrent dans tout le quartier, interrogeant les riverains, téléphonant aux mariniers en voyage, dressant la liste des habitués des champs de courses, relevant les empreintes de pas, de pneus, analysant les conclusions du médecin légiste.

Un mois plus tard le cadavre ne possédait toujours pas d'identité ni la clef son verrou.

« Ils font des sondages, pour se faire une opinion. Ils enfoncent des grands tubes, très profond,

et quand ils les ressortent ils appellent ce qu'ils
trouvent au bout : la carotte. C'est comme ça
qu'ils savent ce qu'il y a en dessous de la terre,
sans creuser. Pareil que pour le pétrole. L'ouvrier
avec qui j'ai parlé dit que toute l'île est pourrie,
qu'on ne peut rien construire sur un sol en
éponge : ça explique le golf. »

Mireille prit appui sur la première machine à
laver pour se mettre debout. Elle brossa son manteau et passa ses meubles en revue, ouvrant les
portes des lave-linge, des lave-vaisselle puis elle
inspecta l'intérieur de ses huit réfrigérateurs... Les
cahiers aux pages noircies par son écriture serrée
s'empilaient dans les quatre congélateurs. Elle dis-
posa son armée de transistors par marques et rem-
bobina les fils de sa vingtaine d'aspirateurs que les
chiens déroulaient dès qu'elle avait le dos tourné.
Le ventilateur trônait sur l'étagère centrale du vais-
selier, au milieu des boîtes de biscuits bretons, des
bocaux de confiture, des bouteilles de porto, de
Suze, de scotch. Toute cette accumulation de matériel était disposée en arc de cercle au bord du trou
qu'elle ne cessait de creuser, d'améliorer, jour après
jour. À la moindre averse elle consolidait les parois
en y incrustant des boîtes de conserve et surtout des
bouteilles de Coca-Cola dont elle possédait un gisement inépuisable et qu'elle plantait dans la terre
ruisselante, le goulot en avant. Une trame composite,
faite de tringles à rideaux, de bâtons, de fils de fer,

recouvrait la fosse, et c'est là-dessus que Mireille faisait glisser le toit-toile cirée quand le ciel menaçait.

Elle puisait l'eau dans la Seine au moyen d'un seau attaché à une ficelle et se prenait de temps en temps d'une fringale de ménage... Elle inondait alors son campement et frottait l'émail terni des appareils ménagers à l'aide de boules de papier confectionnées avec les journaux qui tapissaient le fond de son antre. Ses cahiers y passaient quelquefois...

Elle n'abandonnait son repaire que le matin, de cinq à neuf heures. Elle remontait seule jusqu'à l'ancienne guinguette, au bout de l'île, là où on entreposait les pneus usagés, poussant sa carriole. Des montagnes de rondelles de caoutchouc, comme si un collectionneur avait décidé de stocker là tous les pneus lisses de la planète... Il était rare qu'en chemin elle ne ramasse pas une bricole intéressante. Il lui arrivait de pousser jusqu'à la gare de Saint-Denis, après le pont, et de passer dans l'espèce de gros tuyau qui traversait les voies du RER. Elle n'allait jamais plus loin et s'accoudait au parapet poussiéreux, juste au-dessus de la naissance du canal Saint-Denis.

Mireille partait en confiance : les chiens défendaient le territoire.

« Tout à l'heure, aux Franco-Belges, ils ont lancé un bateau, une vedette pour relier Saint-Pierre à

Miquelon, mais elle s'est plantée dans la vase ame-
née par la crue de la Seine. Quand le remorqueur
a voulu le tirer, il a dérivé et le bateau s'est dé-
chiré contre le ponton. J'ai fait tremper des gueu-
les-de-loup avec de la pelure d'oignon. Ça soulage
les varices... »

Le sol se mit à trembler. Mireille repoussa son
cahier. Les chiens hurlaient et se débattaient au bout
de leur corde. Elle fit coulisser le carton qui la protégeait du soleil. L'arbre s'abattit d'un coup, souf-
flant les bibelots, sur le buffet.

— Qu'est-ce que vous foutez ! Vous êtes devenus
fous ? Il y a du monde qui habite ici...

Ils attaquaient déjà le second peuplier, celui sur
lequel elle venait appuyer sa chaise, l'été. Les dents
de la scie mangeaient l'écorce. Elle lâcha les chiens.

Les forestiers abandonnèrent leur matériel et se
réfugièrent dans le bulldozer qui nettoyait le terrain,
cinquante mètres en retrait.

« Vingt ans que j'habite ici... Ils le savent tous
mais c'est comme si je n'existais pas. Cette maison,
c'est moi qui l'ai construite, meublée. Je ne partirai
pas. »

Le lendemain ils envoyèrent la fourrière, en éclai-
reur. Les cris de Mireille couvraient les grondements
des chiens. Un peu avant midi une ambulance l'em-
mena vers Sevran, à René-Muret. Les bûcherons

purent abattre leur peuplier en paix. Les chenilles du
bulldozer écrasèrent les bords de la caverne, bousculant les téléviseurs, les transistors, les aspirateurs,
les grille-pain, les frigos qui servaient de remparts au
paradis de Mireille. La porte du congélateur explosa
en tombant, délivrant une pile de cahiers. L'un d'eux
s'ouvrit aux pages centrales.

« *Cette nuit à trois heures, la dépanneuse du cas-
seur s'est garée au bord de la Seine, après les peu-
pliers. Il est descendu avec son fils et ils ont jeté un
homme dans l'eau. Je crois bien qu'il était mort. On
voit presque toutes les constellations sauf la Grande
Ourse qui est cachée par un nuage... »*

Quand tout fut empilé dans le trou, le conducteur
de l'engin s'approcha, un jerricane à la main et
arrosa d'essence l'univers mutilé de la clocharde. Il
craqua une allumette.

Le numéro de la rue

Les gens l'appellent le fou. Il s'est installé un matin de janvier dans la maison de la falaise et n'en a plus jamais bougé. Des années qu'elle était vide, abandonnée et que les gosses avaient fait voler les carreaux en improvisant des concours de lancer de galets. Il est venu par la route de Fécamp, à pied, tirant une carriole recouverte d'une bâche. Un cargo descendait vers Le Havre et ses sirènes se sont mises à hurler quand l'homme a poussé la grille.

Les plus vieux en parlent encore comme d'un château, mais ce n'est rien de plus qu'une maison bourgeoise dont les formes prétentieuses dominent la falaise. La façade donne sur la route et les blockhaus inutiles. De la plage, en contrebas, on aperçoit les larges fenêtres battues par le vent. Les propriétaires, des Parisiens, l'ont fait construire entre mer, village et lande.

Personne ne lui a jamais rien demandé. Il a retapé les deux pièces de devant, plein ouest, et a commencé à défricher le jardin à l'aide des quelques outils qui s'abîmaient dans l'appentis. Les premiers temps on montait du village, le soir, pour essayer d'apercevoir le fou, mais le moindre bruissement de feuilles sous les pas le faisait rentrer précipitamment à l'abri des regards.

Les travaux se sont échelonnés de 1930 à 1935, des ouvriers qui venaient de Dieppe, en camionnette, avec tout leur matériel. Le maire ne s'est déplacé qu'une fois, quand ils ont commencé à couper le « chemin des douaniers » avec leur clôture cimentée, un mur de deux mètres de haut qui avançait jusqu'à l'à-pic. Rares étaient ceux qui l'empruntaient encore, pourtant, pendant des mois on n'avait parlé que de cette tentative d'annexion d'un droit oublié.

Très tôt le matin, des pêcheurs le voyaient qui descendait à la plage par le raidillon. Il attrapait quelques poissons, à l'épuisette, et ramassait des coquillages. Si une barque s'approchait il laissait là sa pêche et escaladait le chemin en poussant des cris. Les pêcheurs riaient.

Personne d'autre ici n'y est entré. Pas même les six ou sept facteurs qui se sont succédé au cours des cinquante dernières années, et qui ne connaissaient du château que la large fente rouillée proté-

gée par un volet mobile où s'inscrit en relief le mot
« lettres ».

Les gendarmes s'arrêtent quelquefois près du
château. Ils laissent leur voiture devant la grille et
font le tour de la bâtisse en longeant la clôture. Le
fou les observe depuis une fenêtre du grenier, blotti
contre le mur.

*Les Parisiens arrivaient en bande, le samedi
matin, un défilé de Peugeot noires, de Panhard, de
tractions, que l'on garait dans le champ sur l'emplacement des futures tourelles. De jeunes couples
en descendaient et s'interpellaient dans le claque-
ment des portières. Ils disparaissaient dans la maison, se perdaient dans le fouillis du jardin, leurs
rires couverts par la rumeur des vagues. Les femmes
ne ressemblaient pas à celles d'ici, plus grandes,
plus minces. Heureuses.*

Un soir, deux jeunes du village voisin ont trouvé
refuge dans l'un des blockhaus. Il lui a fait un lit de
ses vêtements et s'est allongé sur elle. Quand elle a
ouvert les yeux, une éternité plus tard, son regard a
croisé celui du fou, derrière la meurtrière. Il est
sorti, nu, la rage au cœur et l'a laissé pantelant, le
visage tuméfié, au milieu du jardin.

*Ils n'achetaient rien au village, ni pain, ni viande,
ni vin : les coffres de leurs voitures étaient pleins*

*de provisions, des paniers qu'ils chargeaient dans
une brouette et qu'un gaillard qui passait pour être
le propriétaire poussait sans effort jusqu'au perron.
C'est lui qui avait reçu le maire et négocié l'ouverture d'une porte dans la clôture, pour le droit de
passage.*

À compter de ce jour le jardin est retourné à l'état
sauvage. Les fenêtres se sont une à une obturées,
des portes dégondées qu'il bloquait de l'intérieur
contre les carreaux étoilés. Dans les interstices il
glissait des morceaux de bois arrachés aux rares
meubles qui subsistaient dans la maison, des chiffons, du papier. Il s'était aménagé une sortie, comme
une chatière, et faisait quelques incursions dans le
jardin, la nuit, à la recherche de légumes, de fruits,
de racines.

*L'été, c'était un défilé incessant de têtes nou-
velles, on croyait reconnaître des actrices dont les
noms se déformaient de bouche en bouche. Ils fréquentaient une plage de galets, vers la pointe, et
qu'on évitait dans le pays, les courants amenant là
les corps pris par la mer. Quelquefois, la nuit, les
corolles furtives d'un feu d'artifice illuminaient la
falaise.*

Le fou vivait nu dans le vaste sous-sol du château. Il passait ses journées à desceller le ciment liant
les briques des cloisons, dans les étages, puis il

édifiait des chicanes au milieu des pièces, des escaliers, inventant des labyrinthes, des pièges. Il creusait
le sol des caves, s'aménageant des planques, des
retraites.

*Les premiers enfants firent leur apparition en
1939 et tout de suite ce fut la guerre. On ne revit
plus le colosse ni aucun de ses invités. Les volets se
rouvrirent quand une dizaine d'Allemands prirent
possession du château, en 1941. Par la suite des
ingénieurs y établirent leurs bureaux lors de la
construction des ouvrages de défense de cette partie de la côte, qui aujourd'hui disparaissent sous la
végétation.*

On l'oublia, une longue série de mois, jusqu'à la
tempête d'octobre. La moitié du toit du château fut
emportée par une rafale. Les murs du second étage,
affaiblis par la démolition interne, se lézardèrent et
une partie de la façade menaça ruine. Les pompiers du chef-lieu investirent la maison, se frayant
un passage à la masse, à la hache, dans les barricades.

Le corps du fou avait séché, recroquevillé au
fond d'un trou, dans la cave. Ses bras dépassaient de
la tombe qu'il s'était creusée, comme posés sur les
bords d'une baignoire. Sur la peau parcheminée de
l'avant-bras droit éclatait, en bleu, un numéro vieux
de quarante-cinq ans.

Bien après la fin de la guerre, ce devait être début 49, en janvier, il est arrivé par la route de Fécamp alors qu'un cargo descendait vers Le Havre en faisant hurler ses sirènes. Il revenait mourir dans sa maison.

Non-lieu

Non-lieu

STAFFELFELDEN, *I*

Là-bas, on ne va pas jusqu'au bout, on parle de « Staff » et, quand on se rend à la mine Amélie, on traverse Wittel, pour Wittelsheim. La mairie se trouve dans le vieux village mais la plus grosse partie de la population habite de l'autre côté de la Thur, cité Rossalmend, « le cimetière des chevaux ». Les pavillons datent des années 30, de solides constructions de deux étages dont la façade est systématiquement coupée en son milieu par une clôture. Un jardin de part et d'autre, quelques fleurs, davantage de légumes… La forêt est partout et certaines rues donnent l'impression d'anciens chemins forestiers. Sur la barrière de l'école primaire, rue Peau-d'Âne, un écriteau signale aux parents que les enfants de la maternelle sortent par la rue Barbe-Bleue. Pour gagner la maison des Fisch, rue Mélusine, il faut emprunter la rue du Chaperon-Rouge. Pourtant, Isabelle vivait son histoire aussi loin des contes qu'il est possible, dans un pays de travail sans soleil, pour ceux qui ont la chance d'avoir un travail. Isabelle a fait ses derniers pas rue du Roi-d'Ys, au matin du 19 novembre 1977. On a retrouvé son corps, attaqué par les animaux sauvages, le 1er janvier 1978, dans la forêt de Reiningue, à six kilomètres de sa maison. Elle avait été frappée, saoulée, violée et laissée là agonisant dans le froid.

STAFFELFELDEN, II

Au début du siècle, Staff n'était qu'un bourg agricole alsacien annexé par l'Allemagne en 1871 et l'on continuerait certainement à y cultiver la terre, sous les ondulations du Vieil-Armand si, en 1906, la Gewerkschaft Amélie n'avait découvert un gisement de potasse de 200 kilomètres carrés, situé entre 500 et 1 000 mètres de profondeur. Cinquante années plus tard, l'exploitation du chlorure de potassium battait son plein et les 13 000 employés des MDPA (Mines de potasse d'Alsace) en produisaient 6 millions de tonnes.

Aujourd'hui ils ne sont plus que 5 000 à en extraire 1 700 000 tonnes. Des dizaines de mineurs sont morts, six à « Théodore » en 1962, grisou, trois à « Amélie » en 1972, éboulement, cinq à « Marie-Louise » en 1976, effondrement d'un plancher... Les hommes et les femmes de là-bas ont acquis comme une habitude du malheur, les mâchoires se serrent, les ongles entrent dans les paumes, mais la volonté reste intacte : aucun mineur n'a accepté de descendre travailler au puits Berrwiller à « Marie-Louise » en juin 1976, tant que les corps de leurs cinq camarades n'avaient pas été remontés. Rémy Fisch s'en souvient comme d'une grande leçon de dignité donnée au monde.

ISABELLE FISCH, I

« Dimanche 6 mars 1977.

Je viens de passer le brevet de secouriste, comment m'y suis-je prise pour réussir ? Bof, rien de compliqué évidemment, mais je ne le prenais pas vraiment au sérieux, un vrai coup de chance, je suis tombée sur des choses simples. Malgré tout j'aurais eu honte de ne pas l'avoir. Je suis toujours chômeuse. Mercredi prochain je pars pour la Corse et je vote par procuration, je serai de retour pour le 2e tour… »

La voix d'Isabelle mêlée à des centaines d'autres mettra fin à la longue hégémonie conservatrice sur Staff qui devient la seule municipalité d'Alsace dirigée par un maire communiste, Albert Lantz. Le père d'Isabelle, Rémy, est élu premier adjoint.

RÉMY FISCH, I

Nous nous sommes donné rendez-vous devant une cabine téléphonique, près de la mairie. Il m'avait

dissuadé de venir directement rue Mélusine, trop
compliqué, pas de plaque de rue, la forêt… J'ai vu
arriver un homme de taille moyenne, cinquante ans,
solide, habillé d'un jean et d'un blouson de couleur
claire. Il marchait en appuyant ses pas et le soleil
faisait ressortir des reflets roux dans ses cheveux.
Je savais qu'il travaillait à la mine, avant, et que
depuis plus de dix ans il était l'un des dirigeants du
syndicat CGT des mineurs de potasse. Une semaine
plus tard, j'ai rencontré son père, à Soultz. Il est né
avec le siècle et ne parle qu'alsacien ou allemand.
Rémy traduisait. Le vieil homme a sorti des photos
aux bords arrondis sur lesquelles on le voyait, ado-
lescent, en uniforme allemand. « Ils m'ont enrôlé, à
17 ans. J'ai creusé des tranchées en haut du Vieil-
Armand… En 1918 on a mis la crosse en l'air, on a
dégradé les officiers du Kaiser… »

J'ai entre les mains une photo, des soldats allemands et français fraternisant, puis une autre où on
le reconnaît sous l'uniforme français… Un demi-
siècle après la Commune, pendant dix jours de
novembre 1918, des soviets d'ouvriers, de paysans,
de soldats dirigèrent Strasbourg, Metz et Colmar. Le
22 novembre des régiments bretons rétablirent
l'ordre.

ISABELLE FISCH, II

Isabelle naît à Soultz en 1958 et vit à Mulhouse
jusqu'au début des années 70 quand ses parents dé-

ménagent pour Staff. Elle fréquente le lycée de Wittelsheim jusqu'à 16 ans et trouve un emploi de pré-apprentie esthéticienne à Mulhouse. En 1974 elle part pour un an en Suisse, chez les sœurs de l'« Œuvre Sainte-Catherine » où elle est employée comme femme de service. Ensuite, c'est l'alternance du chômage et des petits boulots, huit mois à l'ANPE, deux mois de ménage dans une colo, trois mois d'aide publique, deux mois de plonge au Markstein, quatre mois d'angoisse, un automne aux vendanges… Son rêve était de s'occuper d'enfants handicapés, une vocation née après avoir vu *Family Life*, un film de Kenneth Loach. Elle passait ses journées en aidant sa mère et consacrait une grande partie de son temps à militer. La veille de sa disparition, Isabelle participait à une réunion de cellule et organisait les tournées de vente de *L'Humanité-Dimanche*. Ceux qui étaient présents, ce soir-là, sont parmi les derniers à l'avoir vue vivante.

RÉMY FISCH, II

C'est au tour de la mère de Rémy de sortir ses photos. De jeunes hommes au crâne rasé, sanglés dans des uniformes sombres. « C'est la garde impériale, celle du Kaiser Guillaume II… Mon père est là, assis à gauche, avec un verre à la main. » Il désertera de la garde impériale vers la fin de la guerre et passera plusieurs mois dans une prison de Lyon où il se fera quelque argent en exécutant le pas de parade devant les matons ébahis.

En partant, Rémy me montre de petits sous-verre où l'on peut lire de courts textes de Goethe. « Isabelle réalisait les encadrements. Depuis plusieurs mois elle s'était mise à la peinture. Une de ses toiles représente une forêt assombrie… »

ISABELLE FISCH, III

« Me revoilà ! Parlons un peu Jeunesses communistes. Les bouquins du congrès ne se vendent pas trop mal. Autrement ça n'avance pas beaucoup, si tu préfères nos cercles tournent en rond, sur eux-mêmes. Je ne peux pas t'expliquer en quelques lignes. Notre situation est beaucoup trop complexe et délicate. Il faudrait aussi que tu connaisses davantage notre mentalité. »

Isabelle a peu d'amis proches à Staff. Ses copains d'enfance sont à Soultz, à Mulhouse, et maintenant elle s'absente souvent. Elle entretient une importante correspondance et un jeune objecteur de conscience accomplissant son service civil à des centaines de kilomètres de Staff reçoit les lettres les plus émues.

Au soir du 18 novembre 1977 elle se couche après avoir laissé un mot à Rémy, son père, en déplacement depuis le matin : « Salut papa, repose-toi bien. » Elle doit se lever à 6h 30 et se rendre à Montbéliard, chez des amis.

RÉMY FISCH, III

Rémy est né quelques années avant la guerre. À la maison on parle l'alsacien. Quand il a l'âge d'aller en classe, les maîtres changent : allemand pour tout le monde ! « Comme tous les jeunes de ma génération, j'ai dû avaler le français à toute vitesse, en deux ou trois ans, après la guerre. » Un de ses frères, Jean-Paul, échappera de peu à l'enrôlement dans la Wehrmacht. Il trouvera la mort à Diên Biên Phu. L'aîné, Armand, sera ramassé par les Feldgendarmen en février 1945 et emmené en Allemagne comme soldat. Fait prisonnier par les Américains, il rentrera après la fin de la guerre. Il perdra une main au fond de la mine.

Le destin ne l'avait pas prévu, mais Rémy Fisch a connu une dizaine de ministres. « Chaque fois qu'on menait une négociation, à Paris, on avait droit à un nouveau ministre. On les usait à toute vitesse ! De notre côté, nous, on était toujours là… » Il se souvient de Charbonnel agacé par le discours un peu confus d'un délégué mineur et qui s'était écrié : « Apprenez au moins à lire un texte en français ! » Ils avaient calmement exigé une suspension de séance et menacé de poursuivre les négociations en alsacien, à charge pour le ministre de se faire assister par un interprète.

Le 18 novembre 1977, Rémy Fisch est monté à Paris pour une manifestation syndicale. En rentrant dans la nuit il a lu le mot d'Isabelle : « Salut papa, repose-toi bien. » Il l'attend tout le dimanche et s'inquiète de son absence. Dès le lundi il envoie un télégramme aux amis d'Isabelle, à Montbéliard. La réponse lui parvient le lendemain : sa fille n'est jamais arrivée à destination. Le mercredi 23 novembre 1977 Rémy Fisch se rend à la gendarmerie de Wittelsheim et signale la disparition d'Isabelle. On tente de le rassurer en évoquant une fugue : « Votre fille est majeure, elle est peut-être en compagnie d'un ami… » Un gendarme renchérit : « Une femme nous a téléphoné, samedi justement, pour nous dire que son fils n'était pas rentré à la maison. »

Forêt de Reiningue

Un mois et demi plus tard, le 1er janvier 1978, un cycliste découvre le corps d'Isabelle dans un sous-bois de la forêt de Reiningue, au lieu-dit La Poudrière, à un kilomètre de la départementale n°19. Le cadavre est recouvert de branchages, bras en croix, jambes écartées, veste ouverte, pull soulevé. Le pantalon est à demi baissé. On retrouve une chaussure à six mètres de là et, malgré l'absence de traces, il est probable que le corps a été traîné. Les gendarmes notent que la victime ne porte pas de sous-vêtements. Pas de sac non plus, ni de papiers, ni d'objets personnels, comme si l'on avait voulu différer l'identification du corps.

Un enquêteur remarque la présence d'une terre

argileuse, sous le cadavre, une terre semblable à celle du Sundgau, une région située à l'extrême sud de l'Alsace. Un autre avancera une hypothèse : de la terre remontée à la surface par une taupe… Sur place le légiste estime que le décès « peut se situer entre dix jours et trois semaines ».

MULHOUSE, I

L'autopsie pratiquée le jour même situe la date de la mort « entre trois et six semaines ». Le décès est « consécutif à l'action du froid sur le corps d'une personne inanimée suite à une commotion cérébrale par traumatisme crânien ».

Isabelle a été frappée à la tête, au cou. Violée, elle a agonisé deux longs jours dans le froid. Les médecins légistes décèlent la présence de 0,81g d'alcool dans son sang et précisent que le taux d'alcoolémie était nettement plus élevé avant la mort puisque « après le décès l'alcool est éliminé par le tube digestif par simple diffusion physique ». Ils ne disent pas combien représente 0,81g d'alcool trois semaines après la mort, dix semaines après la mort.

ISABELLE FISCH, IV

« C'était une jeune fille simple, sérieuse, réservée notamment dans sa conduite et dans sa vie affective, dévouée à une cause politique et particulièrement sensible aux difficultés des plus déshérités. » À

Staff, à Mulhouse, au Markstein, en Suisse, partout où elle a séjourné, travaillé, le portrait est le même. Personne ne se souvient de l'avoir vue un verre à la main. À table on avait renoncé à lui proposer un peu de vin.

Elle se lève à 6h 30, le samedi 19 novembre 1977 et déjeune en compagnie d'Éliane, sa jeune sœur. Des amis l'attendent au train de 10h 06, à Montbéliard. Elle quitte la maison à 7h 15 et doit longer la forêt sur un kilomètre et demi pour atteindre l'arrêt du bus de Pulversheim et, de là, la gare de Mulhouse. Il fait encore sombre mais le ciel est découvert. Le facteur, plus tard, pensera l'avoir croisée.

Instruction, I

Pendant quatre années les gendarmes de Mulhouse vont travailler sur deux pistes principales : le crime d'un sadique solitaire, le crime d'un familier.

Un homme arrêté pour une série de viols et condamné depuis à quinze ans de prison sera même fortement soupçonné. Il agissait avec une extrême brutalité et avait l'habitude d'emmener ses victimes dans la forêt de Reiningue. Par contre, il ne les obligeait pas à boire. Aucune charge suffisante ne sera retenue contre lui dans l'affaire Isabelle Fisch.

« D'ailleurs un homme seul aurait-il pu forcer Isabelle à monter dans sa voiture et à boire autant d'alcool ? » interroge Rémy Fisch.

Pour conforter l'hypothèse selon laquelle Isabelle serait montée volontairement dans une voiture de passage, certains enquêteurs n'hésiteront pas à laisser planer un doute sur sa personnalité : « Isabelle buvait », « Elle avait l'habitude d'aller avec les garçons… avec des hommes mariés… » La calomnie trouve un écho complaisant dans le journal du Front national, *National-Hebdo* :

« La nuit elle buvait et elle draguait dans les boîtes de la région. La journée elle militait aux Jeunesses communistes. Finalement elle a été violée et assassinée. »

Une distorsion destinée à faire coller, de force, la réalité à l'idée qu'on s'en fait. Un autre journaliste, à gauche cette fois, ira jusqu'à prétendre qu'Isabelle avait décidé, ce matin-là, de partir en stop. Pour Moscou !

INSTRUCTION, II

Le 18 juin 1982, le juge clôt l'instruction et rend une ordonnance de non-lieu, l'enquête n'ayant pas permis de découvrir le ou les auteurs du crime. Dès le début de la procédure Rémy et sa femme Christiane se sont portés partie civile, ce qui leur donne, légalement, accès au dossier. Pourtant, au mépris de tous les textes, on refuse de leur délivrer photocopie des pièces. Ils en sont réduits à collecter des bribes d'information, des indiscrétions. Le non-lieu les assomme et marque comme une seconde mort d'Isabelle.

MULHOUSE, II

En juin 1982, Christiane Fisch s'est adressée au garde des Sceaux, Robert Badinter, pour lui exposer la manière dont on conduisait l'enquête sur la mort de sa fille. La réponse, signée par le procureur de la République de Mulhouse, arrive trois mois plus tard : « Vous avez pu prendre connaissance du dossier (ce qui est une contre-vérité) et de son ordonnance de clôture par non-lieu… qui vous a été régulièrement signifiée le 22 juillet 1982, postérieurement à l'envoi de votre lettre à M. le garde des Sceaux. Sur le plan strictement juridique il vous appartenait dans la mesure où vous estimiez insuffisante l'information diligentée d'en interjeter appel dans le délai légal. »

Un délai passé, à réception de cette réponse, de plusieurs semaines !

MULHOUSE, III

Quatre années plus tard, à l'automne de 1986, Rémy et Christiane obtiennent enfin copie du dossier, à la faveur de la nomination d'un nouveau procureur. Ils y découvrent une montagne d'incohérences et s'aperçoivent que de nombreux suspects n'ont pas été interrogés à fond sur leur emploi du temps. Une piste sérieuse, celle d'un viol collectif, n'a même pas été ébauchée ! Pourtant, le triangle

formé par les villes de Mulhouse, Colmar et Vesoul
est connu comme l'un des territoires où la fréquence
des crimes sexuels est la plus grande. Longtemps
Mulhouse a servi de base de repli aux proxénètes
de Lyon, au gang de Momo Vidal. La présence des
usines Peugeot et de certains groupes de « surveillance » favorisés par la direction ont servi de ter-
reau à une délinquance bien particulière.

ALAIN, I

Le jeune homme dont, selon un gendarme de
Wittelsheim, la mère avait signalé la disparition le
19 novembre 1977, est interrogé le 4 janvier 1978.
Il déclare que son absence date de décembre, qu'à la
suite d'une beuverie il a passé la nuit chez un ami.
Ce dernier *interrogé huit ans plus tard*, en 1986,
situe la soirée entre le 6 et le 12 novembre, avant la
mort d'Isabelle ! Il en précise le lieu, *L'Orée du
Bois*, un café-hôtel-restaurant à mi-chemin de Staff
et… Reiningue. Plus tard encore, un cousin d'Alain
confirmera les dates des 11 et 12 novembre 1977 : il
a participé à la saoulerie avant de partir pour Cannes
le lendemain ! On ne lui demandera rien d'autre et
on négligera de confronter Alain, sa mère, le cousin, l'hôte d'une nuit, le patron de *L'Orée* et le gendarme averti de la disparition d'Alain… De même
qu'on ne pensera pas à identifier les autres personnes qui assistaient aux agapes cette nuit-là.

ÉCRITS ANONYMES, I

« Au mois de novembre, un matin à 6h 25, j'étais à la gare de Mulhouse et j'ai vu un homme dans une voiture rouge avec une fille qui pourrait ressembler à Isabelle. »

Suivent le nom et l'adresse de l'homme dénoncé. « Pour le moment je ne peux en dire plus. »

Les gendarmes vérifient le renseignement donné par leur correspondant anonyme et entendent, en janvier 1978, un habitant de Staff condamné dans le passé pour des affaires de mœurs. Il présente un alibi pour le matin du 19 novembre : un ami l'a aidé à réparer l'électricité de cette fameuse voiture rouge. Par la suite l'électricien dira qu'il n'a pu venir ce jour-là et que le rendez-vous fut reporté au samedi suivant ! On n'ira pas beaucoup plus loin ! De même qu'on ne se souciera pas de la destinée de la voiture rouge et des changements de sièges effectués par son propriétaire, à la même époque... La curiosité des enquêteurs ne sera pas excitée en constatant que cet homme avait été employé dans la même entreprise mulhousienne qu'Alain, le « disparu » de *L'Orée du Bois*.

ÉCRITS ANONYMES, II

Une seconde lettre anonyme parvint aux gendarmes. Elle se présentait sous la forme d'un article de presse relatant le calvaire d'Isabelle. Sous sa photo quelques mots avaient été tracés d'une écriture maladroite : « C'est Louis qui a fait le coup. » Bizarrement cette pièce n'est pas jointe au dossier remis à la famille. C'est Rémy qui soupçonnera son existence en relevant une allusion dans un long rapport de synthèse. Il lui faudra deux mois de démarches pour obtenir une photocopie de la lettre anonyme et apprendre que « Louis » ne possède pas d'alibi pour le samedi 19 novembre 1977 et qu'au moment d'une perquisition à son domicile, en 1978, il a déclaré aux gendarmes en montrant l'exiguïté des lieux que « chez lui, il n'y a pas de séquestration possible ».

Là encore on s'arrêtera en chemin, bien que « Louis » soit connu comme client de *L'Orée du Bois* et qu'il y a vraisemblablement croisé Alain et ses amis.

LEÇON DE CONDUITE

D'autres personnages inquiétants tournent autour de ce même établissement dont la fermeture à 1 h 30 du matin n'était que théorique : des motards influencés par les Hell's Angels, croix gammée au cou qui, à l'époque, faisaient frémir Wittelsheim, une famille d'anciens légionnaires dont les exactions semblaient tolérées par la gendarmerie locale, des têtes brûlées qui se louaient comme karatékas dans les boîtes de Mulhouse, un proxénète d'origine slave… La piste d'une bande en goguette se rendant au petit matin d'un troquet de Reiningue à un autre, habituel, d'Ensisheim est fort troublante. Elle ne retiendra pas l'attention des enquêteurs obnubilés par le crime d'un sadique solitaire et les délires sur la double vie d'Isabelle. D'autres hypothèses, individuelles, seront également négligées ou abandonnées en cours de route. Celle par exemple d'un moniteur d'auto-école qui variera dans ses déclarations alors qu'il est question de cours donnés ou non à Isabelle quelques jours avant sa mort. On organisera une confrontation entre cet homme et Rémy Fisch qui fut bizarrement interrompue par l'arrivée intempestive d'un magistrat connu pour avoir dirigé le SAC (Service d'action civique) du Haut-Rhin ! Sa voiture venait de tomber en panne devant la gendarmerie de Wittelsheim et il avait besoin d'aide.

Après son départ on mit l'imprécision du moniteur sur le compte d'une crainte évidente : il omettait d'inscrire toutes les leçons et dissimulait ainsi une partie de ses revenus au fisc… On ne chercha pas à savoir s'il connaissait Alain, Louis, l'homme à la voiture rouge et chacun de ceux qui fréquentaient *L'Orée du Bois*.

RAPPORT DE LA COMMISSION D'ENQUÊTE SUR LE SAC, I

Audition de Monsieur L., ancien responsable du Service d'action civique pour le Haut-Rhin (extraits).

« Je suis entré dans cette association un peu par hasard. J'étais, en 1968, à Mulhouse comme substitut du procureur. C'est en tant que gaulliste que je me suis engagé dans la lutte. Le responsable local du mouvement était un de mes amis, Heinrich, ancien officier parachutiste, qui a eu, quelque temps après, un accident de voiture très grave, de telle sorte que l'on a pensé à moi pour le remplacer. Les choses se sont faites de façon informelle. J'ai pris la direction départementale en octobre 1969 et l'ai quittée en septembre ou octobre 1970, à la suite d'une grave maladie. Je ne voyais d'ailleurs plus ce que j'aurais eu à y faire. Depuis j'ai pris mes distances et n'ai plus eu de nouvelles du SAC. Vous m'avez demandé quels bénéfices j'avais tirés de mon appartenance au SAC : j'ai été retardé de huit ans dans mon avancement...

(...)

J'ai moi-même procédé à des épurations sur le plan local : j'ai écarté des gens dont le passé judiciaire était douteux ou dont les idées d'extrême droite ne correspondaient pas aux miennes. Du reste, lorsque M. Pompidou a demandé une épuration, des ordres nous ont été donnés par M. Debizet, qui nous a demandé d'éliminer tous les membres du SAC dont le passé judiciaire n'était pas satisfaisant. À mon échelon, j'avais trois ou quatre garçons qui avaient eu des difficultés dans le passé, mais que je voulais remettre sur les rails : j'ai été obligé par M. Debizet de les éliminer.

(…)

Les membres du SAC, qui avaient encouru des peines, avaient été condamnés au maximum à un an de prison — peut-être avec sursis, je ne me rappelle plus — et ce devait être pour proxénétisme.

(…)

Un ou deux parmi eux étaient des membres assez anciens. Pour les autres je ne sais pas. J'ai pris la direction du SAC départemental dans la foulée et je ne suis pas un organisateur. Tout ce que je sais, c'est que les garçons que nous avons éliminés se sont bien conduits par la suite : deux d'entre eux sont restaurateurs. Ce sont des gars stabilisés, en partie grâce à moi : j'avais un grand prestige à leurs yeux. »

RAPPORT DE LA COMMISSION D'ENQUÊTE SUR LE *SAC*, II

Audition de Marcel Caille, ancien secrétaire de la CGT (extraits).

« À partir de 1969, la région de Montbéliard devient le théâtre d'une formidable concentration de mercenaires et de gangsters, réunis par la direction de Peugeot qui fait appel pour cela à des sociétés de travail temporaire. Le nommé Delfau, membre du SAC, y joue un rôle essentiel, assisté d'anciens de l'OAS, tels que Claude Peintre, Jacques Prévost, le colonel Lenoir. Montbéliard devient Chicago. La Bourse du travail, le commissariat, la sous-préfecture sont attaqués à l'explosif. Les agressions et les vols se multiplient. Un gendarme est abattu. Un procès intenté aux mercenaires-gangsters révèle qu'ils touchaient deux payes, l'une du patron de Peugeot, l'autre de Delfau. Parmi ces individus, on note la présence d'un certain Tombini, qu'on retrouvera dans l'affaire Hazan. Il faut citer les directeurs du personnel de Peugeot, M. Destais et le général Peuvrier, ancien directeur de la sécurité militaire. Je rappelle aussi que M. Ceyrac est un dirigeant de Peugeot.

(…)

Sur quoi s'appuyait cette organisation sur le plan local ? Un document très révélateur de 1973 nous a été remis concernant une entreprise de travail intérimaire, l'entreprise Siter de Mulhouse. Ce document rédigé par un ancien des RG a été communiqué au ministre de la Justice, M. Taittinger, en 1974, puis en juin 1974, à MM. Chirac, Poniatowski et Durafour. Il montre qu'il existait au ministère de l'Intérieur un système de fichage des travailleurs. Le nom de code était Gaillard-Peugeot. Gaillard était le P-DG de la Siter, bien que, pour une affaire fiscale, il lui fût interdit d'exercer officiellement cette fonction. Peugeot était le nom qu'il fallait prononcer pour s'adresser au service des Renseignements Généraux. Au fichier central, il fallait s'adresser au dénommé Schmit de la part de Kolher et disposer des éléments du code (Peugeot-Gaillard). Ces mêmes éléments servaient à Lyon auprès du commissaire principal Lafaille ou au divisionnaire Cahan. M. Bergeret, directeur de cabinet du directeur central des RG, avait donné son accord.

(…)

À son procès, un des chefs du gang des Lyonnais, Vidal, a déclaré avoir accompli neuf cents missions pour le compte du SAC. Il a d'ailleurs précisé que son discours était "filtré". Malgré l'énormité de ses crimes, il s'en est tiré avec une peine de dix ans de prison. Aucune enquête n'a été entreprise à la suite de ses révélations… »

L'ENVOYÉ DE FABIEN

Au téléphone, un gendarme me parlera d'enquête difficile. Dès le départ, en 1978, il a eu l'impression que le Parti communiste, récent vainqueur des élections à Staff, se refermait sur ses secrets, qu'un soupçon d'une volonté d'infiltration pesait sur les enquêteurs. « C'est une affaire banale qui s'est produite dans un milieu très particulier. »

Il ne semble pas, hélas, que la gendarmerie se soit beaucoup intéressée aux camarades d'Isabelle, comme si cette idée reçue d'une secte secrète avait découragé leur curiosité. Les membres de la cellule de la victime ne seront pas systématiquement entendus bien qu'ils aient vécu la dernière soirée d'Isabelle. Tout est en place pour que la rumeur s'installe. Au fil des mois, un climat de suspicion va s'appesantir sur Staff. On parle d'un proche du maire qui s'est promené dans un bois où la gendarmerie projetait d'organiser une battue. Cela se confirmera mais on omettra de vérifier en détail l'emploi du temps de ce promeneur aux motivations morbides pour la journée du 19 novembre 1977.

Cette balade sera, plus tard, à l'origine d'un incident opposant le maire de Staff, Albert Lantz, à Christiane Fisch. De vieilles rancœurs réapparaissent qui sont, avec d'autres raisons, à l'origine de l'affaiblissement du Parti communiste en Alsace... La légitimité des « Malgré-nous », ces Alsaciens et Lorrains enrôlés de force dans l'armée allemande, face aux réfractaires, aux résistants. Albert Lantz suscitera une plainte en diffamation contre la famille de son adjoint alors que la ville s'apprête à recevoir Georges Marchais candidat à la présidentielle de mai 1981 ! La « place du Colonel-Fabien » enverra un émissaire à Staff qui parviendra à convaincre le maire de retirer la plainte. Pour cela Pierre Juquin promettra une réunion de concertation qui n'aura jamais lieu.

RÉMY FISCH, IV

L'expert joaillier chargé d'examiner la montre d'Isabelle est formel : il n'a pas décelé de rouille et la montre n'a donc pu passer plus de quelques jours dans la nature de novembre.

« On peut imaginer que ma fille a été enlevée, séquestrée pendant plusieurs jours puis abandonnée dans la forêt de Reiningue… Toutes les hypothèses sont envisageables : une affaire d'ivrogne, un enlèvement sadique, un coup de l'extrême droite ou même un règlement de comptes au sein du Parti communiste… »

L'enquête, bâclée, laisse toutes ces portes ouvertes, d'autres encore entrouvertes. Moins d'un an après la mort d'Isabelle, Rémy Fisch est agressé par des jeunes qui chantent des hymnes de la Légion à la fête du PC, à Wittelsheim.

Il se retrouve avec une baïonnette pointée sur le cou. Les individus, appréhendés par la gendarmerie, feront état de leur qualité de membres du Parti communiste alors qu'ils sont connus pour leur sympathie d'extrême droite. La fédération communiste du Haut-Rhin ne trouvera pas trace de leurs adhésions dans ses archives. La justice y verra encore moins clair, puisqu'elle condamnera non l'agresseur de Rémy Fisch mais son frère, sans que ce dernier songe à protester !

RÉMY FISCH, V

En 1986, Rémy Fisch rencontre un nouveau témoin, un vieil ouvrier polonais à la syntaxe approximative, qui accuse l'homme à la voiture rouge. Les déclarations enregistrées, écrites puis signées motivent une enquête préliminaire menée par les gendarmes, qui, bientôt, disqualifient le témoin. La justice confirme cette conclusion : l'information judiciaire ne sera par rouverte.

C'en est trop pour Rémy et Christiane. Ils décident d'alerter leurs amis, leurs voisins, leurs camarades de travail. Un comité pour la réouverture du dossier se constitue. Huit mille personnes apposent leur signature au bas des pétitions. Ce que la patience, la foi en la justice n'ont pu obtenir, l'action l'imposera ! Rémy et ses amis organisent méthodiquement les initiatives du comité et leur expérience de militants syndicaux est décisive. La première réunion publique attire 400 personnes, dans cette ville de 3 500 habitants. Rémy Fisch prend la parole :

« Les humbles arrivent à renverser les barrières qui les séparent et les empêchent de s'unir. Pendant des années ma famille et moi avons souffert seuls et aujourd'hui des camarades, des chrétiens, des mineurs, des ouvriers, des commerçants, des gens isolés, des personnalités, des conseils municipaux sont avec nous, pour connaître la vérité. »

Un député à l'Assemblée européenne, Francis Wurtz, côtoie un député du PS, Jean Grimont, le président UDF du Conseil général du Haut-Rhin, M. Goetschy, et le député RPR Pierre Weisenhorn.

Le 12 juin 1987 deux cent cinquante personnes manifestent devant le tribunal de Mulhouse. Le procureur de la République reçoit Rémy Fisch accompagné de son avocat et leur fait part de son agacement : « La Justice n'a rien à gagner à ce tapage ! »

Rémy pose la question : « Aurions-nous eu besoin de faire tant de bruit si l'on ne nous avait pas opposé le secret pendant presque dix ans ? »

MONSIEUR POMME

Quand j'étais là-bas, en Alsace, Rémy partageait son temps entre ses activités de militant syndical, d'élu municipal, d'animateur du Comité pour la vérité. Le préfabriqué qui abrite l'Union locale est tout près d'une mine fermée. Les grandes surfaces à l'étroit dans Mulhouse s'installent au pied du chevalement immobile. On a baptisé la zone d'activités « le Carreau ».

Fin septembre la mine Amélie était en effervescence, la direction chassait le temps mort. Les cadres avaient pris le nom d'un problème ralentissant la productivité : M. Retard, M. Casse-croûte, M. Boulange et… M. Pomme, puisque les mineurs de potasse ont cette mauvaise habitude qui consiste à croquer une pomme, au fond, en cas de fringale.

Le syndicat CGT s'est contenté de distribuer 140 kilos de pommes à la descente. Les délégués ont récolté les trognons qu'une délégation remit à M. Pomme après la remonte ! Un tract mit les points sur les *i* :

« Croque ta pomme.

La pomme, tout un symbole !

Ce fruit a déjà fait couler beaucoup d'encre. Le bon Dieu a interdit à Adam de la manger sous peine de le retirer du Paradis. Mais, celui-ci, à la vue d'un fruit aussi savoureux et rempli de vitamines, ne résista pas à la tentation. Et aujourd'hui ce que le bon

Dieu n'a pas réussi, M. Prévôt et sa suite voudraient y arriver. Le bon Dieu et les Apôtres seraient-ils revenus sur terre ? On pourrait le croire puisque depuis quelque temps certains de ses disciples réprimandent les mineurs quand ces derniers mangent la pomme ou le casse-croûte ! »

FAITS NOUVEAUX ?

Le mouvement de solidarité qui se développe dans la région de Staff rencontre un écho national. Jean Ferrat et Renaud apportent leur soutien à la famille Fisch puis Frédéric Pottecher, Claude Piéplu, Jean Kaspar… Fait sans précédent, la Fédération nationale des travailleurs du sous-sol CGT s'engage dans le combat pour la réouverture du dossier. Son secrétaire, un ancien mineur de charbon du Pas-de-Calais, Augustin Dufresne, s'explique : « Il convient d'organiser une prise de conscience et une pression d'envergure nationale pour qu'enfin la justice reprenne cette affaire. »

Premiers signes d'évolution, le procureur confie une nouvelle enquête préliminaire à la police judiciaire cette fois et non aux gendarmes. Le garde des Sceaux, Albin Chalandon, répond à la lettre du député socialiste Jean Grimont : « Je fais actuellement procéder à un examen de cette affaire et je ne manquerai pas de vous tenir informé dans les meilleurs délais des résultats de cette étude. »

L'évolution est fragile : le procureur exige qu'on

lui présente « des faits nouveaux », justifiant une remise en chantier de l'instruction. Pour l'avocat de la famille, Mᵉ Cohen-Séat, « il faut rechercher minutieusement les liens ayant existé entre diverses personnes, notamment celles qui ont menti dans le dossier ou qui sont en contradiction ».

Il ajoute : « Le procureur exige des faits nouveaux. Ce qui me paraît un paradoxe : il y a dans le mémoire que nous avons déposé des éléments qui permettent de considérer qu'il y a des faits nouveaux, mais il y a aussi dans le dossier des *faits connus qu'on a seulement ébauchés.* »

ADRIEN

Rémy et Christiane ont une seconde fille, Éliane. Elle a suivi ses études jusqu'à une licence d'allemand et comptait enseigner en Alsace. Après des mois de recherche, elle a trouvé un poste de prof de français, à Hanovre, en RFA.

Un fils également, Adrien, vingt-six ans, les mêmes yeux mobiles et enjoués que son grand-père, celui qui mit la crosse en l'air, en 1918, sur les pentes du Vieil-Armand. Il a débuté à la mine au début des années 80. Comme Turc.

Les mines de potasse n'embauchaient plus mais faisaient appel à des entreprises extérieures pour certains travaux temporaires, la pose d'arceaux métalliques dans les galeries, par exemple. Adrien a réussi à obtenir une place dans une équipe de cinquante

Turcs amenés à pied d'œuvre par une boîte allemande. Deux années de véritable esclavage pour un
peu plus que le SMIC, dans les plus sales coins des
mines chaudes d'Alsace.

« Le premier jour quand je suis remonté, j'étais
complètement vidé… Je ne pensais pas avoir le
courage d'y retourner le lendemain… » Aujourd'hui
il est mineur « sous-statut » et vit au rythme des 3
x 8. La semaine du matin il mange à 13h avec
Christiane, sa mère, une ancienne ouvrière employée dans les conserveries et qui a dû abandonner
son travail après la mort d'Isabelle, minée par la
maladie.

Dans une lettre jointe à l'ordonnance de non-lieu,
en 1982, le procureur de la République de Mulhouse écrivait : « J'ai l'honneur de vous assurer, en
m'inclinant devant votre douleur qui vous conduit à
ne pouvoir accepter la dure réalité, que toutes les
diligences possibles ont été effectuées afin de retrouver trace de l'assassin. »

« Ne pas pouvoir accepter la dure réalité. » Tout
ce qui sépare la famille Fisch d'une certaine pratique de la justice tient justement dans cette formule. De tout temps les Fisch de Soultz ont refusé
de s'accommoder des réalités toutes faites ; des
drames de l'histoire alsacienne aux deuils de l'épo-
pée des mineurs de potasse.

L'injustice a fait naître en eux la passion la plus
dévorante qui soit : la vérité. Ils iront jusqu'au bout.

Le point de vue
de la meurtrière

Le soleil, canalisé par les parois de béton biseau-
tées, trace un mince filet de lumière oblique sur le
sol et va se perdre dans l'enchevêtrement de chaises et de tables qui occupent le fond de la salle.

Le rayon partage maintenant la pièce par le milieu, en deux surfaces sensiblement égales, épousant
parfaitement la forme des meubles, des moindres
objets placés sur son emprise. Depuis des heures, je
ne fais qu'observer son lent déplacement silencieux
d'un mur à l'autre, jouant, malgré tout, avec la
vague inquiétude que fait naître en moi sa disparition provisoire. Le sommet d'une colline, un nuage
ou la silhouette fugitive d'un soldat devant l'embra-
sure…

Au début, mû par un absurde besoin d'activité, je
m'étais acharné à déplacer dans l'obscurité les piles
de sièges, remuant les amoncellements de débris,
fouillant un à un les casiers du bar courbe. En pure
perte ; rien n'avait été laissé à mon hasard. Puis je
me suis assis dans la poussière, adossé au zinc, les

yeux braqués sur cette frontière mouvante. J'imagine que lorsqu'elle m'atteindra — et je prends garde de rester immobile afin de ne pas rompre l'enchantement — la porte s'ouvrira avec son flot de lumière.

Mon corps franchi, je me suis rabattu tour à tour sur un téléphone noir aux extrémités cerclées de métal, arraché par les précédents occupants lors de leur fuite, puis sur un sac éventré qui laisse filer son sable aussi vite que l'espoir. Je n'ai perçu que très tard l'affaiblissement graduel de la luminosité. La nuit d'automne est tombée brusquement, apportant avec elle une odeur humide et froide à respirer. Les premiers grondements de tonnerre ont mis fin au calme inhabituel qui s'était établi depuis le matin. Un roulement continu s'amplifie pour se résoudre soudain en une énorme déflagration qui fait vibrer l'air emprisonné dans le cube de béton. Je me hisse à la hauteur de l'ouverture mais le souffle d'une explosion plus forte, plus proche que les autres me rejette sur le sol.

Les Allemands contre-attaquent.

La position nous était tombée entre les mains, au petit matin, presque par hasard. Notre artillerie pilonnait les contre-pentes depuis des heures. Nous nous tenions embusqués dans nos trous à rats, les doigts crispés sur la crosse du Lebel, attendant que les joues gonflées de l'officier se vident sur la roulette du sifflet.

Des milliers de pauvres types massés dans des

kilomètres de boyaux sinueux allaient s'élancer au signal, persuadés à l'avance que leur saut de puce vers la forêt ne servirait qu'à déplacer imperceptiblement un drapeau à l'extrémité rouge sur les cartes d'état-major. Cette fois encore la surface gagnée ne serait pas suffisante pour ensevelir tous ceux qui étaient restés en route... Resserrez les rangs, resserrez les croix. À une dizaine nous occupions alors les ruines d'une ferme sur la route de Reims. J'avais toujours en mémoire notre arrivée de nuit, une semaine plus tôt, quand le détachement que nous relevions avait surgi de terre, s'extirpant de la cave voûtée sans un mot ni un signe de reconnaissance. Nous espérions, sans trop savoir pourquoi, un geste d'encouragement de la part de ces gars bloqués quinze jours d'affilée sur la ligne de front que nous venions de rejoindre au prix de lourdes pertes. Ils s'étaient contentés de nous regarder, les yeux vides, et de s'éloigner vers l'arrière de leur pas automatique en traînant leurs morts gonflés.

Il avait fallu apprendre à devenir comme eux.

Le sous-lieutenant Mairesse répartissait les postes et les tours de garde. François en profita pour s'approcher de moi.

Il posa son sac sur la paille tassée, s'en fit un dossier.

— Tu crois qu'on va vivre longtemps dans cette merde ?

Nous nous étions rencontrés sur le quai de la gare de Dormans où l'on procédait au regroupement et à l'affectation des jeunes recrues, à la faveur d'un échange de feu et de cigarettes. Il arrivait droit de Stains, un patelin de maraîchers pas très loin de la Villette. Il s'était mis sans transition à maudire la guerre dont les lueurs embrasaient l'horizon.

Je n'avais pas répondu, comme à cet instant dans la ferme, redoutant d'avoir affaire à un provocateur. C'était une de leurs méthodes d'infiltrer des mouchards chargés de tester le moral des troupes. Ils ne se remettaient pas de leur grande peur d'avril, de la rumeur qui était venue cogner aux remparts de Paris : *Ils ne veulent plus se battre !*

L'aléatoire militaire nous avait réunis peu après dans la même escouade composée, pour l'essentiel, de jeunes paysans bretons dont aucun ne parvenait à aligner une phrase en français. Le sous-lieutenant Mairesse s'était résigné à réduire encore le vocabulaire de base en vigueur chez les fantassins. Il faisait marcher sa troupe à l'aide de dix mots tout au plus. Debout, Marche, Repos… On ne connaissait pas À l'attaque… Pour le moment…

Il avait rapidement tenté de se rapprocher de nous deux, les Parisiens, une mesure de café en guise d'ambassadeur. En d'autres temps, j'aurais fait des efforts pour sympathiser avec un petit gradé. Avant août quatorze. Mais je me sentais trop fatigué pour lui expliquer que mes cheveux ras, la capote bleue, les brodequins pesants, tout l'attirail du chasseur d'hommes que je trimbalais comme un chat sa

casserole, c'était un peu à lui que je les devais.
L'usine avait eu le mérite de m'apprendre à regarder
au-delà des sourires, avant que j'obtienne le permis
de tuer par la logique du calendrier. Nous les bleus,
et ces blancs qui se faisaient appeler contremaîtres,
alors que justement, ils étaient avec...

François me reposa sa question.

— Quinze jours là-dedans, sans ravitaillement. Ils
ont dû en baver à devenir dingues... On va se barrer
bientôt, non ?

Je lui fis un clin d'œil. Je m'apprêtais à répondre
quand le sous-lieutenant s'approcha et tendit son
doigt vers lui.

— Tu prends le tour de garde là-bas, à l'endroit
où se trouvait le portail. Prépare-toi.

François se leva en bâillant et ajusta le paquetage
sur ses épaules. Je vis son dos s'inscrire dans
l'entrée de la cave tandis qu'il gravissait les marches. Il se retourna pour me saluer du poing, un
sourire triste aux lèvres.

Le premier obus le cueillit sur le chemin, nous
annonçant que les Allemands avaient réussi à déplacer leurs pièces. Ils parvenaient à contourner la
colline qui masquait notre position à leurs ballons
d'observation.

L'un des Bretons, Marech, un type au visage rou-
geaud sur des épaules de déménageur, fut désigné
pour la corvée de ramassage. Il exerçait sa loi sur
ses compatriotes et rackettait cigarettes et rations.
Les victimes se taisaient. Il ne leur serait jamais

venu à l'esprit de se liguer pour mettre un terme à la dictature du costaud. Le sous-lieutenant fermait les yeux ; il tolérait ces abus qui lui permettaient de tenir ses hommes en main, par procuration.

Je me plaçai dans l'encoignure afin de suivre sa lente progression au travers des décombres. Le bombardement avait baissé d'intensité, du moins les artilleurs ennemis avaient allongé le tir. Leurs obus écrasaient d'autres loques humaines qui n'avaient comme recours que creuser la terre avec leurs ongles. Il avait atteint le corps de François et ramenait les membres mous dans le prolongement du tronc avant de déplier une couverture kaki sur le sol. Il souleva le cadavre sur le côté, glissa la couverture dessous, puis de ses deux mains puissantes le bascula, la face contre le tissu. Je ne compris pas immédiatement la raison qui lui faisait interrompre sa besogne, penché sur le mort, son dos dissimulant ses gestes à ma vue. Je fis un pas en dehors de l'abri, sans songer à me baisser. Le sous-lieutenant se mit à gueuler.

— Allonge-toi nom de Dieu, tu vas te faire allumer !

Le Breton s'était retourné, alerté par les cris de l'officier et me fixait. Dans sa main droite fermée, le métal argenté du briquet de François accrochait des éclats de soleil. Je me mis à courir en tirant ma baïonnette du fourreau. Marech avait eu le temps de se relever, esquivant le coup avec une agilité qui me surprit. Il me tendit le briquet d'une main et leva l'autre pour me signifier qu'il refusait le combat. Je m'apprêtais à foncer une nouvelle fois sur lui mais l'ordre bref du sous-lieutenant Mairesse me cloua sur place :

— Jette ton arme ou je tire.

Son Ruby braqué à moins de cinq mètres donnait un sacré poids à ses paroles. Je ne me décidais pourtant pas à lâcher ma baïonnette.

— Je vais lui faire la peau... il ne s'en sortira pas comme ça...

Le pistolet réintégra son étui. La voix se fit lasse :

— Calmez-vous et revenez vous mettre à l'abri.

Je pointai ma lame sur Marech. Il n'y avait plus aucune menace dans mon geste.

— Ce salaud détrousse les cadavres... Il lui piquait son briquet... Vous comprenez, le briquet d'un mort...

Le sous-lieutenant se contenta de hausser les épaules.

— Vous n'allez pas vous entre-tuer pour un briquet, non ?

Le Breton roula le corps de François dans la couverture et la porta dans la cave. Il voulut, plus tard, me remettre le briquet.

— Famille... Famille...

Je le repoussai sans même le regarder. L'envie de le tuer m'avait passé et j'étais encore surpris de la violence de ma réaction.

Je n'avais pas encore perdu d'ami à la guerre.

Personne ne tenta de sortir de toute la semaine et seules deux équipes de ravitaillement parvinrent

jusqu'à nous. Encore que la seconde avait dû abandonner en route son chargement d'eau-de-vie, le seul
aliment que mon estomac révulsé par la peur était
capable de tenir.

Le sous-lieutenant parvenait tant bien que mal à
maintenir la discipline dans ce véritable tombeau
où nous commencions à pourrir vivants. Les Bretons
retournaient, aéraient les monceaux de paille fétide,
matin et soir, la baïonnette au canon en guise de
fourche. Chaque jour, à tour de rôle, l'un de nous
risquait sa peau en allant tirer l'eau de la toilette à
la margelle ; une autre fois pour la cuisine.

Je m'étais installé face à l'entrée sur une sorte
d'étagère ménagée dans l'épaisseur du mur, sans
savoir que nous entamions notre dernière nuit sou-
terraine. Mairesse ne cessait de traverser la pièce à
grands pas nerveux, allumant cigarette sur cigarette.
Il enjambait les corps endormis et ses allées et ve-
nues provoquaient des grognements vite recouverts
par le sommeil. Je le rejoignis près de la porte.

— Vous n'arrivez pas à dormir vous non plus,
lieutenant.

Il remua la tête en laissant échapper un mince
filet de fumée.

— Non… Ça va bientôt être à notre tour d'y aller. On attaque tout à l'heure, au petit matin.

J'étendis mon bras vers la forêt qui constituait
l'arrière de nos lignes.

— Ça veut dire que l'artillerie va s'y mettre,
pour nous préparer le terrain ?

— Non, pas tout de suite… C'est une attaque surprise. Le pilonnage débutera au dernier moment. Les Allemands ne doivent se douter de rien. Notre objectif se trouve de l'autre côté de la colline. Un blockhaus qui leur sert de point d'appui… Va te reposer, on aura besoin d'y voir clair pour passer au travers !

Le sous-lieutenant aspira une dernière bouffée, puis il éjecta sa gauloise en dépliant d'un coup sec le majeur contre le pouce. Le mégot décrivit une ligne incandescente qui s'étoila au sol comme un obus dérisoire. Je désignai les hommes allongés.

— Ils sont au courant ?

— Quelle importance ? Ils le sauront bien assez tôt…

Je m'endormis, partagé entre l'envie de quitter cette cave putride et l'angoisse de participer à mon premier assaut.

Je me trouvai projeté sans transition devant un écran profond sur lequel défilaient des rangées d'arbres et des villages aux filles endimanchées. Les arbres, les villages, les foules étaient rejetés sur chaque bord de ma vision par un long ruban d'asphalte, aspirés, à peine entrevus dans les ténèbres. Je conduisis longtemps à pleine vitesse, en harmonie complète avec l'automobile dont les moindres pièces semblaient devancer mes sollicitations. Le souffle d'un déplacement mit fin à la course. Je me soulevai légèrement, les yeux mi-clos. Un jeune Breton qui, certains soirs, jouait des airs mélancoli-

ques à l'harmonica vint prendre place sur la paillasse
près d'un autre soldat. Il passa son bras sous la tête
de celui qui l'accueillait. Leurs jambes se mélan-
gèrent. Ils ne soupçonnaient rien de ma présence
éveillée. Je comprimais ma respiration, la mêlant aux
crissements étouffés de la paille. Son rythme accompagnait les mouvements de leurs corps.

La fascination qu'exerçait l'étreinte me chargeait
de leur malheur comme de celui de millions d'autres,
plantés dans la boue des tranchées, qui s'astiquaient
de leur main argileuse, le regard perdu sur une photo
de nu aux bords dentelés. Aucun de nous trois
n'avait entendu Marech se lever : sa silhouette
massive dominait les soldats enlacés. Le couple se
figea, se défit. Marech fit glisser son pantalon à ses
pieds et se pencha comme pour les écraser. Ils ten-
tèrent de le repousser des poings, des jambes dans
le silence feutré mais leurs gestes rajoutaient à son
excitation. Bientôt les coups perdirent de leur violence ; le joueur d'harmonica, vaincu, regagna sa
couche en me frôlant au passage tandis que son
compagnon assouvissait, les dents serrées, le désir
du colosse. Le sommeil me reprit que l'appel du
sous-lieutenant vint interrompre.

— Debout là-dedans, préparez-vous à l'attaque...

La troupe se rassembla dans un cliquetis d'aluminium. Marech promenait son visage satisfait au-
dessus des casques. Je ne parvins pas à identifier sa
victime. Il fallait sortir, le ventre collé à la terre
éclatée et mettre à profit le début du barrage d'artil-

lerie pour prendre position dans les trous d'obus qui criblaient la pente devant les décombres de la ferme. Le sous-lieutenant progressa à mes côtés sur une centaine de mètres ; l'opportunité d'un abri nous sépara. Au loin nous arrivaient les cris des assauts, les claquements secs des grenades offensives. Mairesse ne se décidait pas à nous lancer sur le blockhaus hérissé de mitrailleuses qu'on apercevait maintenant en contrebas. Le bras replié en arc de cercle à la surface du sol, il nous enjoignait de gagner du terrain mètre par mètre. Les Allemands délaissaient notre secteur, tout occupés à briser l'élan d'une escouade voisine partie trop tôt à découvert. À vingt pas de l'objectif, le sous-lieutenant Mairesse se dressa en brandissant son pistolet. Les Bretons l'imitèrent ; ils se mirent à courir vers le fortin. Je me lançai derrière eux. Deux hommes poussés par la frousse s'étaient aplatis contre le béton. Ils dégoupillèrent leurs grenades et les balancèrent d'un revers de main dans l'un des orifices aveugles. Les explosions atténuées me cueillirent à l'instant précis où je butais sur le corps inerte de Marech.

La minute d'assaut nous avait coûté quatre morts, pour ainsi dire la moitié de l'effectif. Quant aux occupants du bastion, ils y étaient tous passés sauf un, blessé au ventre, qui succomba dans l'heure. J'aidais un Breton à ensevelir les cadavres de nos ennemis quand Mairesse se planta devant moi.

— Suis-moi.

Je posai la pelle et lui emboîtai le pas. Il s'arrêta

près des corps des nôtres alignés sous leurs couvertures kaki et, rabattant le tissu, découvrit les visages.

— Tu les reconnais ?

Je le fixai d'un air incrédule.

— Oui, bien sûr, on vit depuis dix jours ensemble...

Je haussai les épaules avant de poursuivre :

— ... J'y pense seulement, mais je ne sais même pas leurs noms... Lui, il jouait de l'harmonica.

Le sous-lieutenant tira violemment l'ultime couverture.

— Et celui-là, il te dit quelque chose ?

Personne n'avait pris soin de fermer les paupières de Marech. Sa bouche tordue sur la joue lui faisait comme un sourire.

— Il est mort devant moi ; je n'en sais pas plus.

Le sous-lieutenant donna l'ordre qu'on retourne le corps. Une tache sombre maculait la vareuse entre les deux épaules.

— Ce ne sont pas les Allemands qui l'ont eu... On l'a descendu par-derrière au cours de l'assaut. Tout ça pour un briquet...

J'étais trop las, trop surpris pour réagir ; je me contentai de remuer la tête en signe de dénégation. Mon regard croisa celui d'un tout jeune garçon que je n'avais pas remarqué jusqu'ici. Il piqua du nez en rougissant. Son trouble avait force d'aveu. Il ne faisait plus aucun doute qu'il s'était vengé du viol subi au petit matin.

Mairesse me fit asseoir près de lui pour recopier les renseignements consignés sur mon carnet militaire. En deux paragraphes concis, il relata l'incident qui m'avait opposé à Marech le jour où nous venions relever les hommes bloqués dans la ferme. Il poursuivit son rapport en étayant les présomptions qui, selon lui, pesaient sur moi. Le texte terminé, il le glissa dans sa poche avec mes papiers personnels. On me désarma pour me conduire vers le blockhaus. La lourde porte blindée se referma sans bruit.

Je m'habituai lentement à l'obscurité. Une pesante odeur de poudre me forçait à respirer par à-coups. Peu de temps auparavant, la position se trouvait encore dans les profondeurs des lignes allemandes et le blockhaus devait abriter un bistro de régiment. Un bar, de forme arrondie, au plateau recouvert de zinc, isolait un coin de la pièce, des quantités de chaises empilées masquaient le mur opposé aux minces ouvertures d'où filtrait le jour naissant. Je ramassai un cadre vitré qui protégeait une photo de groupe. Une quinzaine de jeunes gars, torses découverts, moustachus pour moitié, fixaient l'objectif les yeux plissés par le soleil et la joie d'être ensemble. À leurs pieds, en une file irréprochable, les casques aux pointes acérées rappelaient la guerre. Je me mis à attendre que le Breton survivant de la scène épiée vienne me remplacer. Je voulais lui laisser le temps d'inventer un mobile qu'accepterait le sous-lieutenant : la violence de Marech, l'impôt de la peur, l'humiliation, la haine... Un mensonge qui lui permette de continuer à vivre. Rien ne vint, la journée s'épuisa à contempler la progression de ce rayon lumineux sur le sol de ma prison, puis sa disparition graduelle dans la nuit.

D'ici, la contre-attaque allemande paraît être d'une fureur inouïe. Les tirs d'obus se succèdent à une fréquence inégalée et l'onde de choc des explosions fait vibrer les parois de ma prison. Je m'élève de nouveau à hauteur de la meurtrière. L'horizon s'éclaire en précisant un vallonnement aux pentes lacérées, peuplées d'arbres noircis. Les Allemands jaillissent par dizaines d'excavations creusées au hasard des pilonnages. L'escouade disséminée autour du blockhaus ne réagit pas à la menace.

Il leur reste cinquante mètres à parcourir pour reconquérir le fortin. Les pièces de 75 viennent à notre secours et abattent leur mitraille au pied de la colline, brisant l'assaut. D'autres tentatives subissent le même sort.

Le silence s'établit au petit matin, rompu par les plaintes des blessés. La porte n'a pas été ouverte depuis la veille, la gourde est devenue légère. Je change d'angle. Le visage engagé dans la fente du béton je les vois monter, la démarche lourde, en colonne par un.

Les musettes gonflées de grenades battent leurs cuisses. Ils approchent courbés sur le sol, le fusil braqué vers la masse grise. Derrière eux, le jour se lève sur le plateau parsemé de cadavres. La compagnie se déploie tout à coup et enserre la position.

Les grenades vont quitter les besaces et jaillir vers
moi… Je me mets à crier.

— Ne tirez pas… Je suis français… Je suis des
vôtres…

Il était temps. La porte s'ouvre sur un gradé
auréolé de soleil.

— Qu'est-ce que tu fous là ? Tous tes potes sont
morts… Un obus de 210 est tombé sur leur bi-
vouac…

Je m'approche en titubant, ébloui. Le Breton n'a
plus à s'en faire, là où il est, la mort de Marech ne
le poursuivra pas. Je m'adosse au mur extérieur.

— J'attendais qu'on vienne, à l'abri. Qu'est-ce
que vous vouliez que je fasse, tout seul ?

Un soldat m'interrompt :

— Capitaine, on vient de dégager le corps de
l'officier.

— J'arrive.

Je le suis. Le sous-lieutenant Mairesse repose à
l'écart des cadavres de ses hommes, intact. Un filet
de sang séché court de l'oreille à la chemise. Le
capitaine se penche sur lui. Il procède rapidement à
la fouille réglementaire et récupère les documents
contenus dans les poches. Le rapport surgit entre
ses doigts. Il le déplie, en prend connaissance puis
lève ses yeux vers moi.

Je compris à cet instant que je ne me vanterais
pas longtemps d'être le survivant de l'escouade.

L'Arithmomane

à Gilbert Molinier

Trop d'air d'un seul coup. Les premières minutes, j'ai bien cru que je ne parviendrais jamais à me réhabituer à l'espace. Je me vivais comme l'un de ces balourds bibendums blancs flottant entre Terre et Soleil, le corps relié au vaisseau par un cordon plastique.

Trente-deux pas. Je viens d'accomplir trente-deux pas et aucun mur ne se dresse devant moi. Je m'arrête, ferme les yeux et avance lentement mon pied droit pour le trente-troisième pas. Je comprends que je suis vraiment libre quand ma chaussure se pose sur l'asphalte. Chaque jour, depuis près de deux ans, six cent soixante-deux fois, je suis sorti de ma cellule à trois heures pile pour la promenade. « Merci chef », deux pas sur le palier, six marches pour se retrouver au rez-de-chaussée, « Bonjour chef », deux pas encore dans le virage en jetant un coup d'œil au poste de garde, douze pas pour remonter le couloir jusqu'à la porte des camemberts et huit enfin jusqu'au mur d'enceinte, à l'air presque libre... Six cent soixante-deux fois trente-deux pas à l'aller et autant au retour, les marches une à une même si derrière ça gueulait « Eh grouille », à cause d'un match à la télé... On m'a fait cadeau de soixante-huit jours, pour fêter le 14 Juillet. Trois à sortir, ce matin, grâce à l'amnistie. Je ne connaissais pas bien les deux autres, des gars du coin, de Seine-et-Marne, et les avais laissés s'éloigner après la poignée de main d'usage. Des types comme moi qui puaient le Fly-tox et la naphtaline, à l'étroit dans leurs costards mal dépliés qui gardaient les marques de la ficelle des vestiaires.

Je traverse la place sans me retourner sur les toits de la prison. La poussière obscurcit la façade vitrée du Majestic et, au fronton, les affiches de *37°2 le matin* et de *Vingt Mille Lieues sous les mers* finissent de se décolorer. Je rejoins les bords de la Marne par le quai Victor-Hugo et longe la rivière jusqu'au pont SNCF. On nous avait avertis la veille seulement, pas moyen de contacter un pote pour se faire ramener sur Paris... Je devais huit timbres au « Philosophe », un type sentencieux qui partageait ma cellule depuis six mois, et cent trente-deux francs de cantine, ce qui me laissait deux cent trente-sept francs en poche. Au bas de la montée des Moulins, entre la gare et le canal, un peintre attentionné et pressé avait bombé un énorme gâteau multicolore sur le mur, quelques traits figuraient les bougies et

une écriture fluo dansante dédiait la fresque anonyme à « *Gérard, pour ses vingt-trois ans* ». Je
m'installe devant le moka inondé de soleil et lève
le pouce. Cinq cent quarante-quatre voitures et
soixante-huit camions se sont élancés à l'assaut du
raidillon sans que ma présence retienne un seul pied
au-dessus de l'accélérateur. Puis une R5 stoppe,
malgré les coups de klaxon. Je me penche vers la
fenêtre baissée :

— Paris ?

— Oui, montez.

Je m'assieds de travers sur le coin de siège disponible. Des cartons bourrés de cassettes vidéo
occupent la banquette arrière, le plancher entre mes
jambes. Le conducteur ne cesse de croquer des pas-
tilles de Solutricine. Il ne décroche pas un mot de
tout le trajet, à part lorsque nous passons devant les
plâtrières de Villeparisis.

— Quelle saloperie de fumée !

Il s'empiffre, comme pour se venger, avec le reste
de la boîte avant de me déposer au coin de la rue
Hoche.

— Je file sur Le Pré-Saint-Gervais.

J'aurais pu attendre le bus, le 170, et redescendre
à la mairie, mais je suis pris d'angoisse à la seule
idée de m'enfermer à nouveau dans une bagnole.
Ça rit aux terrasses des troquets, des rires sincères
et naïfs comme je n'en ai pas entendu depuis longtemps, des rires de femmes, des rires d'enfants. Je
me mets à marcher, droit devant moi, en équilibre

sur la bordure du caniveau, modifiant l'ampleur de chaque enjambée afin de ne pas poser le pied sur les joints. Cela doit me donner une allure légère et dansante car quelques piétons amusés s'arrêtent sur mon passage. Une sirène de police me fait sursauter alors que je franchis les voies, en surplomb de la gare de Pantin. Le fourgon stoppe cent mètres plus bas, au milieu du carrefour, trois flics voltigent et prennent position devant Motobécane. J'entends le chuintement des boyaux et j'ai tout juste le temps de me retourner pour voir le type en rouge, dossard 132, qui emmène le peloton comme une étoile poursuivie par son sillage multicolore et cannibale.

Je fais une pose aux Quatre-Chemins, commande un demi au bar du Triomphe et je bois les yeux rivés à l'enseigne du *Tout est bien*, de l'autre côté de l'avenue, en me disant que depuis sept mois le flic meurtrier d'Abdel s'endort chaque soir dans son lit. Je laisse cinquante centimes de pourboire et sors. Une silhouette cassée s'agite derrière la vitrine poussiéreuse du chapelier, au coin de l'avenue de la République. Quatre chapeaux aux teintes fanées, fichés sur leurs présentoirs de bois vernis, rappellent une mode passée face au squat emmuré. Après s'être fait virer par les HLM du pavillon du cimetière, Henri avait habité là, trois mois d'affilée, avec des junkies branchés en permanence sur leurs piquouzes. Pour être franc, il ne s'en était jamais remis. S'il n'avait tenu qu'à moi, nous nous serions dispensés de sa présence cette nuit-là, mais Paolo, un des derniers Ritals du Landy, surnommé Gordini parce qu'il passait la moitié de sa vie couché sous sa chignole, avait mis tout son poids dans la balance. Son poids et surtout celui de sa bagnole… Sous prétexte qu'Henri et lui s'étaient juré de ne plus se quitter depuis leur « une-deux » mémorable d'avril 1983 qui avait propulsé le CMA en division d'honneur ! J'avais bien parlé du regard chaviré d'Henri sortant des anciens bains-douches de la rue du Goulet transformés en supérette de la drogue, mais aucun de mes arguments ne pouvait ternir le souvenir de cet instant de grâce lorsque Henri, seul devant la cage de Sarcelles, la victoire au bout du pied, s'était défaussé sur Paolo, lui offrant un peu de cette gloire qu'il n'obtiendrait jamais au volant d'une voiture.

Je m'étais incliné après avoir obtenu qu'Henri ne participe pas directement au casse et se contente de faire le guet devant la porte des Magasins généraux.

Nous l'avions attendu plus d'une heure, dans le break 21 garé au bout de la barre de la rue Albinet, à griller clope sur clope. Gordini tapotait le volant et toute sa nervosité semblait s'être concentrée au bout de ses dix doigts. Le rythme s'accélérait quand je lançais une vanne

— Alors, qu'est-ce qu'il fout ton pote, il joue en réserve ?

Hamid vérifiait le plan en silence, baladant son index droit sur la ligne bleue, gravant chaque angle du parcours dans sa mémoire. Ce fut lui qui donna le signal du départ.

— C'est maintenant ou jamais, les vigiles se tirent jusqu'à trois heures du matin… Qu'est-ce qu'on décide ?

Pour toute réponse, Gordini avait écrasé son pouce sur le démarreur de la DS. Direction la Villette. Hamid travaillait comme serveur dans une des gargottes kabyles du pont de Soissons. Entre les bruits de ferraille du RER et les gueulantes du patron, il lui arrivait de saisir une conversation au vol, comme celle de ce chauffeur de J7 qui se faisait mousser auprès d'un routier longue distance :

— Tu fais peut-être Paris-Bagdad avec ton bahut, mais moi, tous les vendredis, je transporte la galette… vingt, trente bâtons, les ventes de la semaine…

Il avait débarrassé la table en le suivant des yeux. Des lettres noires décoraient le flanc du Peugeot « Transvidéo, 138, bd Félix-Faure, Aubervilliers ». Trente bâtons dans la semaine, cela voulait dire six par jour. En opérant le jeudi soir nous espérions en ramasser autour de vingt-cinq.

Tout s'était bien déroulé malgré la défection d'Henri, mais les flics ne nous laissèrent pas le temps de compter les billets. Ils nous prirent en chasse sur le pont de Stains alors que Gordini s'amusait à faire crisser les pneus dans le virage de Forest Hill pour épater Lendl sur son affiche. La R12 banalisée rendait un paquet de points à la Citroën. Gordini vira à gauche rue Gaëtan-Lamy avec plus de cinq cents mètres d'avance. Il pila, maintenant la bagnole en ligne, près du stade des Gaziers, et me désigna la portière :

— Eh Marc, planque le fric sur le terrain des gazomètres, Hamid et moi on s'occupe de la voiture.

La DS avait déjà disparu vers la Plaine-Saint-Denis quand le gyrophare de la Renault éclaboussa de bleu les murs de brique de GDF. Je connaissais un moyen de pénétrer dans les friches par le grillage défoncé d'une usine de chromage dur, la SAEG. Ensuite c'était un jeu d'enfant, les parcelles abandonnées destinées à la future autoroute A86 communiquaient entre elles.

J'étais tout d'abord entré dans l'un des principaux bâtiments, une série d'ateliers bordés de verrières, au sol craquelé par les racines. Des arbres en pleine croissance appuyaient leurs branches aux murs intérieurs et des feuilles s'échappaient par les vitres brisées. Je ressortis et tombai sur une minuscule baraque de gardien dissimulée dans un creux de terrain. Un vieux calendrier d'imprimeur se balançait au vent au-dessus d'un bureau gris rouillé. Je grimpai sur le meuble et planquai le sac plastique rempli de billets sous le toit après avoir soulevé un coin du faux plafond en Isorel.

Les flics me poissèrent une heure plus tard devant *Dali Coiffure*, alors que je filais vers notre rendez-vous de secours, rue Henri-Murger. À la maison mère, un excité « qu'en avait maté de plus

costauds au 36 » se mit à me masser les côtes à
coups de Bottin, un truc d'au moins quinze cents
pages… Il savait tout de notre équipée nocturne, à
part les noms « du portos et du bougnoule ». Pas la
moindre allusion à Henri, comme par hasard !
J'avais laissé une telle collection d'empreintes sur
les portes vitrées, les murs, les meubles de Transvidéo que le procureur n'eut pas besoin de forcer son
talent pour me faire condamner à deux ans ferme.
À part celui-là, je ne retins qu'un chiffre de son ré-
quisitoire : le montant exact de notre butin, vingt-
huit millions deux cent quatre-vingt-sept francs et
cinquante centimes… Une consolation : nous étions
tombés sur la meilleure recette de l'année !

À la mairie, ça guinche, l'accordéon-club se dé-
chaîne tandis que les mômes font sauter des boîtes
de bière en les bourrant de pétards. La rue du Mou-
tier fait toujours aussi province les dimanches et
jours de fête, pas un chat ne s'arrête devant les
boutiques vieillottes. Je m'accorde une pause sur le
pont du Landy encombré de sacs de sable. La toi-
ture oxydée de la basilique de Saint-Denis éclaire la
perspective du canal. À gauche, plus loin, le périph
et les tours de Romainville barrent l'horizon.

Le patron de *L'Atalante*, rebaptisé le *Bar des
fusillés* parce qu'il se trouve au coin du quai
Adrien-Agnès, *« fusillé en décembre 1941 à Châ-
teaubriand »* et de la rue Gaëtan-Lamy, *« fusillé en
septembre 1942 au Mont-Valérien »*, a improvisé
une terrasse sur son bout de trottoir. Hamid et Gor-

dini se dorent au soleil sous une pub émaillée à la gloire de « Purvin, le fidèle reflet de la vigne ». Pas d'effusions, on se serre la main. Ils s'excusent, un peu gênés, d'avoir loupé les visites, à Meaux… Je hausse les épaules, en vrai dur, avant de demander des nouvelles d'Henri.

« En taule à Ypres, chez les Belges… Une histoire de dope. »

Avec ses mots maladroits, Hamid me remercie d'avoir tout pris sur moi et me jure que « s'il le retrouve, il ne sait pas ce qu'il lui fera… » et ça claque comme une menace. Je hausse les épaules, une nouvelle fois, en avalant mon second demi d'homme libre.

À la nuit, alors que toute la ville se rassemble pour le feu d'artifice, nous traversons le quartier espagnol. Nous rattrapons Saint-Denis par la rue du Gaz et le fouillis de passages qui se faufilent entre les usines moribondes. J'escalade le mur d'enceinte des anciens gazomètres, suivi d'Hamid et Gordini. Nous commençons à marcher dans l'herbe haute alors qu'éclatent les premières fusées. Et c'est à la lueur des éclairs bleus, rouges, verts que le désastre se présente à nos yeux. La verrière, le Jardin des plantes industriel, a disparu. Une armée de scrapers stationne en rang d'oignons au bord d'une longue piste recouverte de sable. Je cours comme un fou vers la cuvette, sachant d'avance ce que je vais découvrir : la baraque de gardien se résume à un tas

de gravats aux ombres déformées par la lumière
mouvante des rosaces.

— Le fric était planqué là, sous le toit...

Je dois égaler les as de l'Actor's Studio question
sincérité car ils ne mouftent pas et se mettent à
fouiller les décombres sans conviction.

Gordini m'héberge pour le reste de la nuit, dans sa
piaule du passage Boise, et je plonge dans un sommeil libre et ruiné après m'être endormi six cent
soixante-deux fois millionnaire en cage !

Le lendemain, nous faisons l'ouverture du chantier de l'autoroute. Le contremaître, un courtaud
massif, un casque sérigraphié au nom des établisse-
ments Morelli enfoncé jusqu'aux paupières, nous
refoule à la seule vue de nos gueules fripées.

— Pas d'embauche, c'est complet.

Je le rejoins avant qu'il ne tourne le dos et lui in-
dique l'emplacement de la cabane.

— C'est vous qui l'avez démolie ?

— Non.

Sa boîte se charge du gros boulot et sous-traite
les annexes du marché à une petite entreprise du
coin, Sanchez et Perez, qui a des bureaux dans un
Algéco, vers l'avenue Wilson.

Le patron, Sanchez ou Perez, enfile ses bottes
quand je pousse la porte de son taudis ambulant. Il se
demande ce qui m'intéresse dans cette baraque...

— Mon père a bossé là des années, il voulait récupérer une bricole ou deux...

Il doute, mais je parviens tout de même à lui

arracher des renseignements de première importance : le pavillon crapoteux a été abattu la semaine
précédente par un Malien du foyer des Fillettes,
Traoré, qui n'a, depuis, jamais remis les pieds sur
le chantier !

La rue des Fillettes débute moderne avec les alignements sans génie des bureaux d'Olivetti, puis
cela se dégrade rapidement, on se prend un siècle
en moins de cent mètres, de la brique sale tout le
long égayée de temps en temps par un cri, « Solas
vivra », ou par les bandeaux racoleurs des soldeurs
Vaisselle-Cadeaux Import-Export Chine-Japon. Le
boulot remplacé par la merdouille. L'entrée du foyer
est protégée par une barricade d'épaves sur cales,
une véritable excroissance de la casse. Gordini se
sent en pays ami. Il s'accroupit près d'un mécano
en djellaba :

— On voudrait voir Traoré.

L'Africain pose le marteau avec lequel il décol-
lait un Férodo et esquisse un geste en direction du
foyer :

— Quel Traoré ? Il y en a au moins trente, ici !

Je m'interpose :

— Celui qui travaillait sur le chantier de l'autoroute, chez Sanchez et Perez.

Il se redresse en souriant et lève les bras au ciel :

— Alors, c'est Traoré le Burkinabé... Hélas !
Vous arrivez trop tard, les amis, il est reparti au
pays pour toujours avec les dieux dans sa poche...

Mardi dernier, Traoré le Chanceux a gagné plus de vingt-cinq millions au Loto !

Il nous confie les numéros magiques 7-12-18-27-35-41-49, mais je suis certain que nous ne récupérerons jamais notre mise, même en les jouant jusqu'à la fin des temps !

La guetteuse

12 septembre

Ils l'ont conduite à l'hôpital, une ambulance bardée de clignotants et de sirènes. Les brancardiers faisaient la grimace en descendant les escaliers, incommodés par l'odeur de pisse et de crasse. Personne ne m'a rien demandé. J'ai jeté un coup d'œil dans l'appartement encombré de caisses, de cartons. Les chats s'étaient rassemblés vers l'entrée de la cuisine, près de la collection de soucoupes, d'assiettes aux bords auréolés de nourriture séchée. Ça puait comme jamais. Les derniers rayons de l'été s'émoussaient contre l'épaisse couche de poussière qui recouvrait les vitres. Les voisins formaient une haie en cascade sur les marches, le nez bouché. Certains me regardaient à la dérobée, parlaient bas sans desserrer les dents. Facile d'imaginer… le vautour, la hyène… Rien à foutre de ce que vous pensez, je l'ai connue moi aussi cette rue, avant que la coutellerie laisse la place à une galerie et le claque à une boîte de pub ! Vingt ans que je rêve d'y revenir pour croiser Schmitago, le gros bras du Balajo, et le forcer à descendre du trottoir…

13 septembre

La vieille est morte dans la nuit et c'est à peine si on en a parlé au comptoir du tabac. Faut dire que presque plus personne, ici, ne la connaissait. Des années qu'elle vivait claquemurée dans son appartement de la rue de Lappe. Un Félix-Potin du faubourg Saint-Antoine grimpait les vivres, une fois par semaine. Il déposait les paquets près de l'escalier et trouvait le fric de la livraison précédente sous le paillasson, avec la prochaine commande.

La dernière fois que j'avais essayé de lui parler, en me faisant passer pour un type des services sociaux de la mairie, remontait à six mois. À peine la porte entrebâillée et bloquée par la chaîne de sûreté, elle s'était mise à gueuler de sa voix éraillée de perroquet :

— Personne ne l'aura mon appartement, personne ! Je préférerais y foutre le feu…

Cent cinquante mètres carrés, à mi-chemin de la rue de la Roquette et de la rue de Charonne, plus une cave, un grenier, alors que j'habitais un deux pièces sans lumière dans le mauvais X^e, comme disent les agences. Je suis prioritaire mais j'ai beau le savoir, me le répéter, je ne me sens pas rassuré : tant que je ne serrerai pas les clefs dans ma main, le pire peut survenir.

25 septembre

Ils l'ont enterrée au Père-Lachaise, près de son second mari, selon ses dernières volontés. Il paraît que le tabac de la rue Saint-Sabin et deux anciennes de la blanchisserie Rigoulet ont fait l'ultime voyage derrière elle. Le plus emmerdant, ce n'était pas l'odeur mais les chats. Ils crèvent à moitié de faim et il n'est pas dans mes intentions de leur ouvrir une annexe de chez Ronron… J'ai exploré les premières pièces en attendant la fourrière. L'acidité de l'air est telle que j'en pleure. Heureusement, je me suis muni d'un vaporisateur d'eau de toilette et j'asperge ma chemise, mes mains, le bas de mon visage pour tenir le coup. La vieille folle avait planté des pitons et tendu des ficelles de mur à mur. Une véritable jungle en cordes qui soutient l'ensemble de sa garde-robe… Des tentures faites de jupes, de combinaisons, de bas, de blouses, de culottes pendent à hauteur d'homme et je ne peux avancer sans sentir sur ma peau leur caresse écœurante.

26 septembre

Ils ont emmené les chats en me laissant entendre qu'ils seraient piqués dès leur arrivée au refuge.

— Vous pouvez les piquer ici, qu'est-ce que vous voulez que ça me fasse !

Il est reparti, le chef, avec ses saloperies en cage et m'a fusillé du regard. Qu'il les adopte si c'est son truc ! J'ai descendu toutes les fringues, arraché les clous. Cinq sacs-poubelles. Des gros. Les bennes vertes de la Ville de Paris passent à quatre heures, cet après-midi. Ils ont un service d'urgence, un coup de téléphone et ils vous débarrassent de vos « monstres », c'est comme ça qu'ils appellent les ordures en volume... J'ai décidé de tout virer, le lit, les matelas empilés et humides, les couvertures, les ballots de vêtements et de souvenirs enfournés dans les placards, les meubles graisseux qui ont connu leur ultime couche d'encaustique sous Coty ou Vincent Auriol !

28 septembre

J'ai tout désinfecté à l'eau de Javel, le carrelage, la cuisine, la salle de bains, mais impossible de s'en défaire, c'est comme si toute son armada de greffiers squattait encore la salle à manger.

Ils en planquent partout, les vieux... Ce matin, en arrachant le lino, et ça partait de partout en lambeaux spongieux, je suis tombé sur deux liasses de billets. Pas loin d'une brique en tout, je les ai trempés dans du Monsieur-Propre dilué et on dirait, après repassage, qu'ils sortent de la Banque de France. Une pile de disques et un phono à ampoules ont échappé à la rafle. Un goût de chiottes, la vieille : du Moreno, du Guétary, du Gloria Lasso, du Mario Lanza à profusion, *Ma p'tite folie* par Annie Cordy, en double. Un 78 tours de Fréhel surnage dans sa pochette kraft. J'allume le meuble et, quand il est bien chaud, la voix cassée m'oblige à fermer les yeux :

Moi je connais, disait Fonfon
Un endroit où les affranchis vont,
C'est à deux pas d'la Bastille,
Un petit bal de famille,
Y'a un fameux accordéon...
C'est la valse des costauds
Des beaux gosses aux gros
Biscottos...

30 septembre

Ils ont encore ouvert une galerie, à côté de chez Trafikant, le marchand de tours et de fraiseuses. Je les vois de la fenêtre qui installent leur bazar en traînant leurs dégaines de guignols bien nourris. Il n'y a plus que ça, des galeries et des restos... Et les Japonais que les types de Paris-Vision bloquent par dizaines une soirée entière devant l'accordéon de Joe Morhange tandis que nous, les habitués, on se remue la boîte à frissons en glissant sur un air de Tony Muréna. Le parc naturel, la réserve du tango. Prière de ne pas toucher, espèce en voie d'extinction.

2 octobre

J'aurais dû débuter par là ! Le cosy-corner... Une horreur en bois verni qui me fait penser à un cercueil courbe équipé de petites cachettes, de rangements, pour le voyage. La razzia... tout est passé à la poubelle, les épingles à cheveux, les boîtes de médicaments, de Valda, les vieux mouchoirs durcis

et les bouts d'ongles jaunissant au creux d'une sou-
coupe. J'ai failli, dans le mouvement, balancer la
pile de lettres après avoir lu les deux premières :
toute une correspondance entre la vieille et une
voyante de Belleville, mais la photo a glissé et s'est
retournée sur le parquet. Son écriture courait au dos,
sous le nom du photographe : « Nogent, 15 mai
1937. » Elle souriait, le cou coincé dans une colle-
rette blanche et son premier mari, Émile, un flic du
quartier Saint-Fargeau, se composait l'air renfrogné
qu'affichaient les mâles de l'époque quand leur
bourgeoise leur faisait les yeux de l'amour. Elle devait avoir tout juste vingt ans et c'est à peine si l'on
devinait ses formes comprimées par plusieurs couches de vêtements. Je me suis mis à tout examiner
en détail, les enveloppes, les lettres, les récrimina-
tions de la voyante qui ne voyait pas son argent
assez vite… Deux autres photos se sont arrêtées
sous mes doigts. Je me suis assis, le souffle coupé,
le sang aux tempes… Sur la première elle était nue,
assise sur le canapé du salon, les jambes largement
ouvertes. Un homme se tenait sous elle et son sexe
dressé s'appuyait contre ses lèvres humides. Un
autre homme, à genoux près d'elle, se masturbait
entre ses seins. Je ne regardai pas leurs visages et,
adossé au cosy, je regardai la seconde photo. Elle
se tenait debout, en sandwich entre les deux hommes
qui la pénétraient l'un par-devant, l'autre par-derrière. Je les identifiai à leurs chaussettes, car l'opé-
rateur avait choisi de poser l'appareil par terre, entre
les jambes des protagonistes.

3 octobre

J'ai beau me dire qu'il appartient à une morte, la vue de ce sexe ouvert, offert, me trouble tout autant que s'il s'agissait de celui d'une des filles qui me sourient quand je passe rue Saint-Denis. Le plus gênant, ce sont les deux autres, surtout qu'ils ne me sont pas inconnus. Celui qui se tient allongé sous la vieille, c'est Richard Leca, dit « Les Mirettes » parce qu'il portait des verres de myope épais comme des assiettes. Il traînait toutes les nuits dans les bars du XIe, les poches pleines de culottes qu'il vendait aux amateurs. Des culottes de putes certifiées et portées au minimum la journée. L'autre qui s'escrime sur les seins gonflés de la vieille, c'est Jean-Jean, le « Balèze du Trapèze » ! Il passait une ou deux fois l'an au Paramount-Bastille, à l'entracte. On installait sa pub dans le hall, un paravent en bois sur lequel il avait punaisé une cinquantaine de photos... Jean-Jean au « Kursaal » de Berlin, Jean-Jean au « Louxor » d'Athènes, Jean-Jean à l'« Universal » de Kansas City. On attachait ses cordes aux cintres, devant l'écran bariolé de réclames et il faisait vibrer la salle à l'heure des esquimaux avec ses sauts périlleux, ses chandelles, ses voltiges. J'étais là quand s'est inscrit le mot « FIN », en octobre 1952, juste avant le premier passage d'*Autant en emporte le vent*, une reprise qui avait déplacé la foule des grands soirs. Il s'est élancé pour son triple saut périlleux... On a dit par la suite qu'il buvait un peu trop pour ce genre d'exercice. Il s'est écrasé, un bruit mat dans le silence stupéfait, et le directeur, un type chauve qui parlait comme une tante, nous a promis que Jean-Jean finirait son numéro à la prochaine occasion. On s'est remis à chercher « meubles chinois » sur la toile peinte puis Clark Gable s'est mis à pister Vivien Leigh. À la sortie, tout le monde parlait des malheurs des fantômes de celluloïd. Pas un mot pour Jean-Jean. J'ai regardé une nouvelle fois la photo... « Prends du plaisir Jean-Jean, tu ne sais pas ce qui t'attend... » Dix ans d'hosto, immobile et la mort dans le vomi grâce aux Temesta accumulés patiemment pendant un mois.

5 octobre

Il doit bien y en avoir d'autres, des photos ! À mon avis, ils disposaient d'un système pour retarder le déclenchement et, avec « Les Mirettes », pas de souci à se faire pour développer discrètement les clichés. Je me suis renseigné. Il vit toujours, à l'hôpital René-Muret, un mouroir perdu dans une banlieue du bout du monde, Sevran.

C'est dans la cave qu'elle enterrait ses greffiers. Encore un truc de dingue : une pièce complètement vide, rien et au sol la reconstitution d'un cimetière, en miniature, avec ses allées, ses croix, sa végétation plastique ! Chaque tombe est surmontée d'un petit panneau en bois de cageot où elle a inscrit les noms des chats de son écriture filante : « Mistigri, 1939-1943 », « Panier, 1941-1953 », « Poupounette, 1950-1958 »...

J'en ai déterré trois, pour vérifier. C'était bien des greffiers.

6 octobre

Les voisins m'évitent mais ils crèvent tous d'envie de savoir ce que je peux bien faire dans mon appartement. Ils seraient bien surpris si on leur annonçait que j'y passe mes vacances et que la banque a accepté, en raison des circonstances, que je groupe mon mois d'été et la semaine d'hiver. Ils doivent me prendre pour un rentier, surtout depuis que je loue une place de parking pour ma R25, en face du restaurant russe. Patientez, patientez, je vous promets que vous n'avez pas fini d'en baver !

Un type des assurances a pointé son nez, tout à l'heure. D'habitude, ils bloquent la porte avec leur pied pour vous empêcher de la leur claquer au visage… Lui, il a eu un mouvement de recul. Ça pue encore un peu mais beaucoup moins qu'au début. Il venait une semaine plus tôt, j'avais un mort sur la conscience !

7 octobre

J'ai visité le grenier. J'en avais marre d'arracher le papier peint, en bas, pour rien : elle n'était pas assez vicieuse pour planquer des photos derrière les tentures. Toquée oui, mais pas vicieuse.

Des jouets, des trucs qu'ont tous les mômes, des nounours, un garage, des cubes alphabétiques et des cahiers à la pelle, cours préparatoire, cours élémentaire, cours moyen… Un tablier d'écolier, gris, parsemé de taches d'encre plus sombres. De l'autre côté, vers la lucarne, j'ai exhumé une boîte métallique, du fer-blanc avec des lettres en relief « Biscuits bretons », dont j'ai fait sauter le couvercle avec la pointe d'un compas. C'était rempli de lettres, des brouillons écrits sur le même papier quadrillé. La lettre du dessus ne comportait pas plus de dix lignes manuscrites, mais elle donnait le ton de toutes les autres :

Paris, le 15 juin 1937
Monsieur le commissaire,
L'un de mes amis parmi les plus sûrs m'avertit que le dénommé Hassan Lyajelloul se cache au 8 de la rue Daval sous le nom de Molay Idriss et qu'il y organise des réunions de Marocains rebelles.

La Guetteuse

J'en pris une autre, plus longue et la lus lentement, assis sur un amoncellement instable de souvenirs d'enfance :

Paris, le 27 février 1942
à monsieur Xavier Vallat
Commissaire général aux questions juives

J'ai l'honneur de porter les faits suivants à votre attention : Monsieur Robert Dietrich, domicilié 12, passage Théré, a réussi à établir frauduleusement la non-appartenance à la race juive de ses trois enfants, Lucien, Jean et Amélie et ce, au moyen de certificats de baptême falsifiés. Je pense qu'il n'est pas le seul juif à avoir bénéficié de cette filière. Ces certificats proviennent de l'église du Bon-Pasteur, 181, rue de Charonne et ils émanent de l'abbé Mortali. La date portée sur ces certificats est le 15 octobre 1938 alors que les baptêmes ont eu lieu, selon les registres de la paroisse, le 21 décembre 1940. Vous pouvez faire vérifier sans peine ce que j'avance par vos services, mais je pense que les nombreux services que j'ai déjà rendus à notre cause vous permettront d'en faire l'économie.

La Guetteuse

12 octobre

Il m'a fallu me rendre trois fois à l'église du Bon-Pasteur avant de mettre la main sur un paroissien se souvenant de l'abbé Mortali. Les Allemands l'ont arrêté en avril 1942. Il y a une plaque à gauche, dans l'église, près de son confessionnal, « Mort à Buchenwald ».

En revanche, pas la moindre trace de ce Hassan Lyajelloul… J'ai classé les lettres par ordre chronologique, ce matin. La première, datée du 11 mars 1936, concerne une bagarre devant *La Boule Rouge*. La dernière est à l'état de notes et je ne crois pas que la vieille l'ai menée à son terme :

24 mai 1986

Hôtel Les Triolets, *rue de Lappe, nègres sans papiers. Patron pas inconnu (04-1957, 06-1959, 01-
1961), agent FLN du XIe arrondissement (H.B.),
noms des nègres, dates et heures.*

En tout j'en ai compté 437 et j'ai de bonnes raisons de croire qu'une majorité d'entre elles a été
suivie d'effets.

27 octobre

Depuis que les chats sont partis, les souris se
montrent. J'ai installé des tapettes un peu partout
dans l'appartement. Cette nuit, une bestiole s'est pris
le cou dans un piège. Elle a mis au moins deux heures pour crever et j'entendais ses cris de bébé malgré l'oreiller rabattu sur mes oreilles. Au matin,
elle était là, sur le carrelage de la salle de bains, à
deux doigts du morceau de gruyère rougi par son
sang.

1er novembre

J'aurais dû reprendre le travail depuis près de
deux semaines… Ils ne possèdent que mon adresse
dans le Xe et personne, à la banque, n'est au courant
pour la rue de Lappe. J'ai acheté des jumelles au
Bazar de l'Hôtel de Ville. La fenêtre de la salle de
séjour avance un peu sur la façade, et de là on peut
observer la rue dans son ensemble, jusqu'aux pas-

sants qui se baladent au-dessous. J'y passe l'essentiel de mes journées, appuyé sur un guéridon. Je
viens d'écrire ma première lettre :

1ᵉʳ novembre 1986
Monsieur le Commissaire principal,
L'hôtel Les Triolets, *38 ter, rue de Lappe, sert de*
refuge à de nombreux nègres sans papiers. Le pa-
tron, Hussein Boukhedra n'est pas un inconnu pour
vous (courriers du 15 avril 1957, du 28 juin 1959,
du 8 janvier 1961), puisqu'il centralisait pendant
les événements d'Algérie les collectes d'argent du
FLN sur le XIᵉ arrondissement. Les clandestins noirs
arrivent fréquemment vers 23h 30 et ils utilisent une
Peugeot 504 bordeaux immatriculée 1228 JBP 75.

Je me suis levé et je suis retourné au grenier pour
lire une fois encore les lettres de maman. Quand je
suis redescendu il ne me restait qu'à signer :

Le Guetteur

*Ce sont nos ennemis
qui marchent à notre tête*

Vingt ans ! Dans un mois j'aurai le plus bel âge de la vie. Vingt ans... Mon nom, c'est Francis, mais dans la tour on ne m'appelle que « Ci-Fran le çais-fran »... La vie est à l'envers alors, forcément, les mots, ça suit... Au début j'avais besoin de traduire dans ma tête, pour comprendre. Maintenant c'est quand on me parle normalement que ça me pose problème. J'ai fait la connaissance de Marie-Claire la semaine dernière. N'allez pas croire que c'est ma meuf : elle pourrait être ma mère si ma mère avait été zaïroise. Ça m'a surpris, Marie-Claire pour une Zaïroise, mais dans son pays ils portent tous des noms du calendrier : Maurice, Françoise, Albert, Georges, Anne-Marie... Elle m'a expliqué que c'était à cause des Belges, les missionnaires, les toubabs et les militaires qui occupaient le pays, avant l'Indépendance. C'est moi qui invente : elle ne dit pas indépendance, elle dit « dictature ». C'est même un peu pour ça qu'elle est en France, Marie-Claire. Sa famille, des mineurs d'étain de Likasi, au

Katanga, était persécutée par la police de Mobutu, et, en février 1986, elle a pris un bateau avec son mari, Rodolphe Mujimga, avant que les choses ne tournent mal. Rodolphe travaillait sur un barrage de la Lualaba, et il avait réussi à mettre un peu d'argent de côté. Au tout début ils ont habité chez des amis qui tenaient une loge de concierge près de l'Hôtel de Ville, à Paris, mais quand les jumeaux sont nés il a fallu se résoudre à trouver une vraie maison. Entassés à six dans un deux pièces ce n'est pas facile de se supporter, mais à huit on quitte le Purgatoire pour l'Enfer. Ensuite six mois d'hôtel meublé. Marie-Claire faisait des ménages « au noir pour les Blancs », comme elle dit en montrant ses dents, pour payer le loyer du marchand de sommeil.

La carrure de Rodolphe est impressionnante, et il a pu se faire embaucher dans une entreprise de déménagement. Un collègue lui a parlé d'une cité du bout du monde, la Campa, à Nieucourt. D'après lui, personne ne voulait y habiter, et des bâtiments entiers restaient vides depuis des années. Il n'y a pas cru, au début, puis ils ont profité d'un week-end pour s'y rendre, d'un coup de RER. Je me souviens de les avoir vus débarquer, lui en costume sombre, Alexandre dans les bras, elle en boubou à fleurs essayant de faire marcher Clément sur la pelouse rare de la Campa. Ils se sont dirigés droit sur la « barre Claudel » qu'on surnomme ici la « Reba des Clodos ». On a aussi Zalbac pour Balzac, Laine de Verre pour Verlaine, Justin Bridou pour Saint-Just,

Socapi pour Picasso et le Nain Vert (ou Petit Maïs) pour le square de Verdun. C'est nos mots-Pampers, nos repères anti-fuites, anti-flics…

La Reba des Clodos, c'est la pire des barres du quartier. L'Office y mettait tous les cas sociaux. Dès qu'une famille posait problème dans un coin de la cité, hop, à la Reba des Clodos. Ils se sont aperçus au bout de quelques mois qu'ils allaient droit à une guerre civile, qu'ils se fabriquaient un petit Liban de banlieue. Ils ont arrêté de ghettoïser, d'ajouter la misère à la misère, mais le mal était fait, le nom était né. La Reba des Clodos. La zone dans la zone. Tu aurais beau t'appeler Jésus-Christ, avoir tes papiers en règle, il suffirait que tu ailles dormir une nuit là-bas, tu ne remonterais plus jamais la pente, même avec Séguéla comme conseiller en marketing…

Plusieurs familles zaïroises, béninoises, maliennes, quelques Français en fin de droits, des airémistes, des èssedéhèffes, squattaient des logements de la Reba. Marie-Claire, Rodolphe, et les deux gosses en photocopie, les ont rejoints. Ils ont choisi un quatre pièces dont les fenêtres ouvraient sur des anciens jardins ouvriers. La semaine d'après un bulldozer a tout écrasé pour faire passer une bretelle d'autoroute. Tous les voisins sont venus leur donner un coup de main pour rendre le local habitable. Jusqu'au couple de gardiens surnommés Monsieur Propre et la Tornade Blanche, parce qu'ils passent leur vie à ramasser tout ce qui est balancé depuis les balcons, sacs-poubelles, grille-pain hors d'usage, fers à repasser, carcasses de poulets, jusqu'à un dentier qu'un vieux avait jeté du dix-huitième lors d'une engueulade avec sa femme...

Rodolphe et Marie-Claire payaient une sorte de loyer, chaque mois, à l'Office, une indemnité d'occupation. Quand ils versaient du liquide, on oubliait de leur donner un reçu. L'argent s'évaporait. Des amis leur ont alors conseillé de faire des chèques qui, eux, laissent des traces... Ils n'ont pas eu de quittance pour autant. À l'automne 1987, c'était la veille du premier anniversaire d'Alexandre et Clément, un papier bleu est tombé dans la boîte. L'Office HLM venait d'obtenir l'expulsion d'une dizaine de familles de squatters, africaines pour la plupart. Il n'y a pas eu de fête, pas de gâteaux, pas de chants, pas d'invités. Les Mujimga ne sont pas sortis pendant presque une semaine. Seul Rodolphe se risquait dehors, au petit matin, pour rejoindre son travail. Les mois ont passé sans que l'huissier ne mette sa menace à exécution. Ils ont arrêté d'aller à l'Office, de peur qu'on ressorte leur dossier. Les calendriers des Postes se sont empilés les uns sur les autres dans le tiroir de la salle à manger. En 1990 une fillette est née, Alice, puis un autre garçon, Ernest. Un petit coin de bonheur dans le désastre de la Reba des Clodos !

Tout a basculé un matin d'août 1992. Les cars de CRS sont arrivés quand Rodolphe a mis le nez à la fenêtre. Les hommes sont descendus pour prendre position tout autour de la Reba. Ils ont ajusté leur casque, vérifié le fonctionnement de leurs fusils lance-grenades. Un petit mec rase-bitume est sorti d'une Renault 25. Un de ces mecs dont Coluche disait qu'ils avaient les pompes qui sentaient le dentifrice et les cheveux qui puaient le cirage. Un mètre cinquante à tout casser. Il s'est avancé, flanqué de l'huissier et du serrurier. Les portes qui ne voulaient pas s'ouvrir ont explosé sous les crochets de la pince-monseigneur, sous les coups de crosse. Les enfants sont sortis les premiers, en criant, s'accrochant aux boubous de leur mère. Les hommes ont tenté de résister, pour l'honneur. Dans leur tête passaient les images de cette guerre gagnée par leurs pères contre les mercenaires belges... Ils se sont retrouvés en un troupeau hagard devant la Reba des Clodos. L'un d'eux s'est porté en avant.

— Mais pourquoi vous faites ça ? La moitié de la cité est vide... Plus personne ne veut venir ici, tellement la Campa a mauvaise réputation... On ne fait de mal à personne, on travaille tous...

Le petit énervé l'a toisé et s'est mis à ricaner :

— Va voir tes frères, à Vincennes... Ils sont déjà deux mille à camper dans le bois. Trente ou quarante de plus ou de moins, personne ne verra la différence !

Nous étions de l'autre côté, au balcon de la tour Paul Laine de Verre. Une bonne moitié d'entre nous était déjà éteinte par le shit, et les autres ne trouvaient qu'à gueuler contre les keufs, à cinquante

mètres de distance. Marco a visé un car. Sa canette
de bière a presque fait éclater la tête d'un berger
allemand qui sniffait l'urine d'une femelle... Je ne
tire jamais sur un joint, mais pour la première fois
j'en ai eu envie. Pour effacer mon impuissance.
Moi, ce qui me fait planer, c'est la poésie... Desnos,
Prévert, Rimbaud, des Américains comme Brauti-
gan ou les chansons de Ferré... Je suis descendu
vers midi, faire les courses. Tous les commerçants
applaudissaient, sans même comprendre que ces
appartements resteraient vides, comme des centaines d'autres de la cité et, qu'en fait, ils venaient de
perdre des clients ! J'ai essayé de le dire à la bou-
langère. Elle m'a montré la crosse du flingue, sous
son comptoir.

— Monsieur le maire a raison. Quand il nous aura
débarrassé de cette vermine, les affaires repren-
dront... On en a marre de la merde des étrangers,
on a déjà assez à faire avec la nôtre !

Le prochain boulanger est à l'autre bout de la
ville. Je n'ai pas trouvé le courage de lui claquer le
bec et d'user mes santiags sur le bitume de Nieucourt.

— Trois bâtards...

Je savais par expérience que son brichton était
dégueulasse, mais ce jour-là, il m'est carrément
resté sur l'estomac.

Les Africains sont revenus le soir. Les hommes
seulement. Tout ce qu'ils possédaient était resté dans
les appartements murés par les ouvriers de l'Office.

Ils voulaient récupérer quelques affaires, des papiers, voir si on ne leur avait rien volé... Ils sont passés par les fenêtres et ont commencé à faire la chaîne. Matelas, télés, magnétoscopes, réfrigérateurs, vêtements... Un salaud comme il en existe partout, même chez les pauvres, a passé un coup de fil aux HLM. Les gars sont arrivés en camionnette. Le type du matin, le type dont le nez flottait à hauteur de pot d'échappement, menait la danse. C'est lui qui donnait les ordres.

— Cassez tout là-dedans, sinon ces salauds vont venir se réinstaller !

Les employés sont allés chercher des masses, des marteaux, des tournevis. La porcelaine des éviers, des baignoires, des chiottes a explosé sous leurs coups. J'ai essayé de les photographier avec un polaroïd que Gégé avait récupéré dans une voiture, avec un autoradio, mais le flash n'est pas assez puissant. J'ai juste photographié la nuit.

Après, on n'en a plus entendu parler pendant un bon moment. Il faut dire qu'on ne sort jamais de la cité de la Campa. Un coup les cocos sont venus frapper à la porte. Ils voulaient qu'on signe une pétition pour dire « Non » à Maastricht, « Non » à l'Europe des capitaux. On a dit non à leur demande de « Non ». Pas parce qu'on pensait « Oui », (sauf pour le fric : le capital, quand on n'en a pas, on est pour...) mais parce que notre seul territoire, c'est la Campa. Et de plus en plus, même, la tour Paul Laine de Verre.

Quelquefois on va se rincer l'œil au Petit Tru-
cidé, c'est le nom qu'on a donné aux bâtiments bas
qu'ils ont construits en allant vers la gare. Magic
Star, l'entraîneur de l'équipe de basket du départe-
ment, s'est démerdé pour obtenir un grand six pièces HLM pour organiser ses troisièmes mi-temps…
De l'appart des parents de Manu, au vingtième
étage du Zalbac, on voit tout avec des jumelles. Eh
bien je peux vous dire que c'est vachement plus beau
les Pom-Pom Girls quand elles ont enlevé leurs
moufles !

Un jour de février de l'année suivante, il a fallu
que j'aille au Centre-ville pour retirer une convoca-
tion de l'armée. Le Centre-ville, c'est comme la
Campa, mais en plus neuf. Les architectes ont chié
dans le même moule : dans dix ans, quand la peinture sera partie, on ne fera plus la différence. Rodolphe et Marie-Claire étaient là, devant la mairie,
tout rabougris dans un vieux camping-car. Les autres
Africains de la Reba des Clodos se réchauffaient
devant un brasero. Les femmes faisaient la cuisine
près d'une tente rouge installée contre le mur du
local des assistantes sociales. Je n'ai pas pu éviter
le regard de Marie-Claire, et la pointe de mes santiags a viré de quarante-cinq degrés. Je me suis arrêté. Rodolphe a baissé la vitre du Datsun.

— Oui, c'est pourquoi ?

Je me suis éclairci la voix.

— J'habite à Paul Laine de… enfin à Paul Verlaine… J'ai vu quand ils vous ont virés, en septem-

bre... Je ne savais pas que vous étiez là... Vous attendez quoi ?

Rodolphe est descendu sur le trottoir. Il m'a proposé une gitane.

— Qu'on nous reloge...

— Et ils ne veulent pas ?

— Non... Ça fait plus de six mois que nous dormons ici avec les enfants... Maintenant ça va, il fait moins froid...

— Les gens ne disent rien ?

— Au contraire, ils aboient après nous... Les responsables de la mairie nous font passer pour des dealers, des bandits, on traite nos femmes de prostituées... On nous a supprimé toutes les aides pour la cantine, les centres de loisirs...

Il a sorti un papier tout fripé de sa poche et s'est mis en devoir de le déplier.

— Les assistantes sociales ont même fait une pétition pour nous faire expulser d'ici.

J'ai lu : « *La présence d'une vie de camping en un lieu peu adapté nous pose des problèmes d'hygiène et nous demandons au préfet d'intervenir dans les plus brefs délais.* »

— C'est dégueulasse ! Elles devraient au contraire venir vous aider ! C'est des « Non-Assistantes à personne en danger », des assistantes asociales !

Il a posé sa main sur mon épaule.

— Ah mon frère, si tous les hommes pouvaient voir le monde avec ton cœur ! Les gens qui habitent cette rue et les employés de la mairie ont signé une lettre disant qu'à cause de notre cuisine, on rendait le trottoir glissant, dangereux… Le maire a fait fermer les toilettes publiques pour nous supprimer l'hygiène…

En rentrant, je suis passé devant les volets baissés de l'épicerie. Deux camés avaient tabassé le patron pour une bricole, un mot de travers. Ici on vit sur les nerfs. Il luttait contre la mort, à l'hosto, et tout le monde espérait qu'il s'en sortirait. On priait pour lui, dans toutes les religions.

Je suis revenu les voir une ou deux fois par semaine. Quelquefois j'amenais des friandises pour les enfants, ou des petits jouets que Manu piquait à ses frangins… J'ai commencé à rencontrer des types qui essayaient de les sortir de la mouise. Des associations que je fuyais comme la peste, avant, comme le « Cours c'est ta Colique » ou les « Chiffonniers d'il m'a eu » le truc du Zorro en barbiche. De temps en temps, quand une personnalité se pointait avec eux, ils arrivaient à obliger un maire adjoint à les recevoir en mairie. Une fois ce fut Jacques Higelin, une autre Albert Jacquard. La réponse était toujours la même : « *Nous ne voulons plus de familles de votre genre à Nieucourt, vous donnez le mauvais exemple aux autres habitants de la Campa, mais dans notre grande bonté d'âme, nous pouvons essayer de vous reloger à Aubervilliers, Saint-Denis, Montreuil ou Tremblay-en-France, si vous payez d'un coup tous les loyers en retard.* » En désespoir de cause ils se sont faits à l'idée de quitter la ville où leurs enfants, français, étaient nés, d'abandonner leurs amis, leurs relations. Je me trouvais par hasard devant la mairie quand ils s'apprêtaient à aller signer le contrat. Marie-Claire avait les larmes aux yeux. Alexandre et Clément, les jumeaux, ne sautaient pas de joie comme chaque fois qu'ils me voyaient arriver.

— Je peux entrer avec vous ?

Rodolphe m'a présenté.

— Francis, de Laine de Verre… Un bon ami…

Le type du Secours catholique qui conduisait la délégation n'a pas tout compris, mais il m'a pris à ses côtés. Nous sommes entrés dans la salle des mariages. Des fresques naïves représentaient le travail des champs, l'agriculture, la fête, les parades amoureuses. Pierre Calot, le maire de Nieucourt était assis sur une estrade devant un micro flexible. Il a soufflé dedans pour bien montrer que c'était lui le chef. Nous nous sommes assis en silence. Une jeune femme qui aurait pu être belle en d'autres circonstances est venue se placer à sa droite, puis, à ma grande surprise, le rase-bitume qui avait présidé à l'expulsion de la Reba des Clodos est venu prendre place de l'autre côté du maire. Calot a pris la parole :

— Je suis heureux que nous soyons enfin parvenus à un accord. La situation dommageable pour l'image de notre ville qui perdurait depuis trop longtemps est en passe d'être réglée. Les Nieucourtiens m'ont soutenu dans ce combat que je n'ai pas mené de gaieté de cœur, mais qui n'en était pas moins nécessaire. Nous allons faire distribuer un contrat à chaque famille afin qu'elle le signe, puis je crois que tout sera rentré dans l'ordre.

La jeune femme est passée dans les rangs pour remettre une chemise jaune aux chefs de famille. Rodolphe a ouvert le sien, il a lu le papier et s'est levé.

— Vous n'êtes qu'un menteur ! Ce n'est pas ce que nous avions négocié ! Ça ne se fait pas monsieur le Maire ! Vous n'êtes pas un homme de parole. Un menteur, un maire et un menteur !

La colère s'épaississait dès qu'un homme prenait connaissance de son dossier. Les appariteurs municipaux ont senti que ça risquait de tourner mal. Ils ont fait mouvement vers nous tandis que le maire, la femme presque belle et Rase-Bitume disparaissaient par une porte planquée dans la fresque du Bonheur.

Nous nous sommes retrouvés dehors. Rodolphe ne parvenait plus à parler, étouffé par la rage. J'ai pris Marie-Claire par le bras, et nous nous sommes assis sur un banc, près du massif de fleurs devant lequel les mariés viennent se faire photographier.

— Qu'est-ce qu'il se passe ?

Elle a ouvert le dossier jaune.

— On était d'accord pour les loyers en retard… Là-dessus on ne dit rien… Mais regarde là…

Je me suis penché sur son épaule.

— Ils veulent nous obliger à payer la remise à neuf des logements ! Ils disent que c'est nous qui avons tout cassé ! Rodolphe et moi on en a pour dix millions. Dix millions pour un taudis de la Reba des Clodos !

J'étais soufflé.

— Tu parles comme ça toi aussi !

Elle était entre le rire et les larmes.

— Bien sûr Monsieur Ci-Fran le çais-Fran ! Je suis de Nieucourt moi aussi... Dix millions ! Ils veulent notre mort...

Je l'ai embrassée sur la joue. C'était la première fois que mes lèvres touchaient la peau d'une Africaine.

— Qui c'était le Rase-Bitume, le petit mec à côté du maire ?

Elle a pointé son doigt sur le chiffre des dix millions.

— Mais c'est lui qui devrait payer tout ça ! C'est lui qui a donné l'ordre de tout casser...

— Ça ne me dit pas qui c'est, Marie-Claire...

— C'est le Teigneux...

J'ai froncé les sourcils.

— Le Teigneux ?

— Enfin c'est son surnom. Son vrai nom, c'est Frédéric Neigeux.

— Et c'est quoi son job, au Teigneux ?

— C'est le premier adjoint au maire, responsable du secteur du Logement. En plus il est président du groupe communiste au conseil municipal...

Je me suis pris la tête entre les mains pour ne pas
que ma raison s'échappe. Je n'ai pas eu le temps
d'ouvrir la bouche. Marie-Claire a pris cinq petits
morceaux de carton au fond de sa poche et me les a
tendus.

— Au Zaïre, Rodolphe et moi on se battait
contre Mobutu. La première chose qu'on a faite en
arrivant en France, c'est de prendre nos cartes au
Parti communiste français... On croyait...

Elle n'a pas fini sa phrase et a éclaté en sanglots.

Moi, c'est comme si je venais de prendre dans la
tête un éclat de la balle qui a tué Maïakovski.

MAIN COURANTE

DU MÊME AUTEUR

Aux Éditions Gallimard

RACONTEUR D'HISTOIRES, *nouvelles* (« Folio », n° 4112).

CEINTURE ROUGE précédé de CORVÉE DE BOIS. Textes extraits de *Raconteur d'histoires* (« Folio 2 € », n° 4146).

MAIN COURANTE ET AUTRES LIEUX (« Folio », n° 4222).

Dans la collection Série Noire

MEURTRES POUR MÉMOIRE, n° 1945 (« Folio policier », n° 15). Grand prix de la Littérature Policière 1984 – Prix Paul Vaillant-Couturier 1984.

LE GÉANT INACHEVÉ, n° 1956 (« Folio policier », 71). Prix 813 du Roman Noir 1983.

LE DER DES DERS, n° 1986 (« Folio policier », n° 59).

MÉTROPOLICE, n° 2009 (« Folio », n° 2971 et « Folio policier », n° 86).

LE BOURREAU ET SON DOUBLE, n° 2061 (« Folio policier », n° 42).

LUMIÈRE NOIRE, n° 2109 (« Folio policier », n° 65).

12, RUE MECKERT, n° 2621 (« Folio policier », n° 299).

JE TUE IL…, n° 2694.

Dans « Page Blanche » et « Frontières »

À LOUER SANS COMMISSION.

LA COULEUR DU NOIR.

Dans « La Bibliothèque Gallimard »

MEURTRES POUR MÉMOIRE. *Dossier pédagogique par Marianne Genzling, n° 35.*

Dans la collection « Écoutez-lire »

MEURTRES POUR MÉMOIRE (4 CD).

Aux Éditions Denoël

LA MORT N'OUBLIE PERSONNE (repris dans « Folio policier », n° 60).

LE FACTEUR FATAL (repris dans « Folio policier », n° 85). Prix Populiste 1992.

ZAPPING (repris dans « Folio », n° 2558). Prix Louis-Guilloux 1993.

EN MARGE (repris dans « Folio », n° 2765).

UN CHÂTEAU EN BOHÊME (repris dans « Folio policier », n° 84).

MORT AU PREMIER TOUR (repris dans « Folio policier », n° 34).

PASSAGES D'ENFER (repris dans « Folio », n° 3350).

Aux Éditions Manya

PLAY-BACK. Prix Mystère de la Critique 1986 (repris dans « Folio », n° 2635).

Aux Éditions Verdier

AUTRES LIEUX.

MAIN COURANTE.

LES FIGURANTS.

LE GOÛT DE LA VÉRITÉ.

CANNIBALE (repris dans « Folio », n° 3290).

LA REPENTIE (repris dans « Folio policier », n° 203).

LE DERNIER GUÉRILLERO.

LA MORT EN DÉDICACE.

LE RETOUR D'ATAÏ.

CITÉS PERDUES.

Aux Éditions Julliard

HORS-LIMITES (repris dans « Folio », n° 3205).

Aux Éditions Baleine

NAZIS DANS LE MÉTRO.

ÉTHIQUE EN TOC.

LA ROUTE DU ROM (« Folio policier », *n° 375*).

Aux Éditions Hoebecke

À NOUS LA VIE ! *Photographies de Willy Ronis.*

BELLEVILLE-MÉNILMONTANT. *Photographies de Willy Ronis.*

Aux Éditions Parole d'Aube

ÉCRIRE EN CONTRE, *entretiens.*

Aux Éditions Éden

LES CORPS RÂLENT.

Aux Éditions Syros

LA FÊTE DES MÈRES.

LE CHAT DE TIGALI.

Aux Éditions Flammarion

LA PAPILLONNE DE TOUTES LES COULEURS.

Aux Éditions Rue du Monde

IL FAUT DÉSOBÉIR.

UN VIOLON DANS LA NUIT.

VIVE LA LIBERTÉ.

L'ENFANT DU ZOO.

Aux Éditions Casterman

LE DER DES DERS. *Dessins de Tardi.*

Aux Éditions l'Association

VARLOT SOLDAT. *Dessins de Tardi.*

Aux Éditions Bérénice

LA PAGE CORNÉE. *Dessins de Mako.*

Aux Éditions Hors Collection

HORS LIMITES. *Dessins d'Assaf Hanuka.*

Aux Éditions EP

CARTON JAUNE. *Dessins d'Assaf Hanuka.*

LE TRAIN DES OUBLIÉS. *Dessins de Mako.*

L'ORIGINE DU NOUVEAU MONDE. *Dessins de Mako.*

Aux Éditions Liber Niger

CORVÉE DE BOIS. *Dessins de Tignous.*

Aux Éditions Terre de Brume

LE CRIME DE SAINTE-ADRESSE. *Photos de Cyrille Derouineau.*

Composition Nord Compo
Impression Maury
à Malesherbes, le 24 mai 2005
Dépôt légal : mai 2005
Numéro d'imprimeur : 07/05/114483

ISBN 2-07-030506-6./Imprimé en France.

132010